この空の上で、いつまでも君を待っている
kono sora no uede
itsumademo kimi
wo matteiru
こがらし輪音
Waon Kogarashi
JN243279

全部
この一瞬のためにあったんじゃないかって、
そんな気がするんだ

イラスト／ナナカワ
デザイン／鈴木亨

この空の上で、
いつまでも
君を待っている

kono sora no uede
itsumademo kimi
wo matteiru

こがらし輪音

プロローグ　始まりの一夜

その日、僕は夜の散歩に出掛けていた。

庭で花火をした時に見た星空を、どうしてももう一度見ておきたくて、僕はこっそりおばあちゃんちを抜け出したんだ。家を出ると決心した時はすごくドキドキしたけど、上手《うま》くいった瞬間はそれ以上に嬉《うれ》しかったことを覚えてる。

カエルの大合唱の中、浮かれきった僕は踊るように畦道《あぜみち》を駆けた。

一人きりで見る夜空はとても広大で、手を伸ばせば届きそうなほど間近に見えた。あの星もこの星も、全部僕が独り占めしちゃっているような、そんな全能感さえ僕の中にはあった。

飽きもせずずっと夜空を眺めていたから、僕は気付かなかった。

畦道の先に、見慣れない奇妙な影が存在していたことに。

ちょっとした丘かと思うくらいに白くて大きい〝それ〟が、どうやら蹲《うずくま》る人影であることに気付くまで、たっぷり十秒は掛かった。ひどく狼狽《うろた》えた様子で左右を見回したかと思うと、重々しい足取りで立ち上がる。

　こんな大きくて白い人がいるのに、何でずっと気付かなかったんだろう。

　そんな疑問を抱いた僕は、隠れるべきか逃げるべきか迷ったけど。

「あ、あの」

　困っている人を見たら助けてあげて、という先生の言葉を思い出し、僕は勇気を出してその人影に声を掛けた。

「あなた、誰なんですか？　ここで何してるんですか？」

　思えば僕の人生は、きっとあの日から本当の意味で始まったんだ。

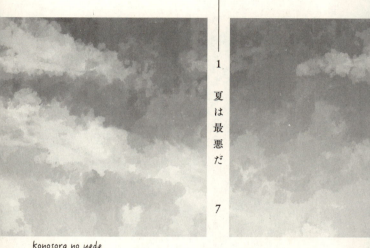

1 夏は最悪だ

konosora no uede
itsumademo kimi wo matteiru

期末テスト終了のチャイムが鳴ると、校内のそこかしこからちょっとした歓声が湧き立った。

誰も彼も、お預けされていた〝夏休み〟というご褒美に目を輝かせているようだった。テストが返却されればまた一部はお通夜ムードになるだろうが、それはそれ。誰しも目の前のタスクを片付けるのに精一杯で、その先のことを考える余裕なんてないのだ。

学生にとってのテストと夏休みよろしく、いいことと悪いことは交互に来ると言う。いいことだけ来てくれればいいのに、というのが私の切実な感想だ。

「終わったぁー！」

放課後、教室の後ろに集まった女子達《たち》は、皆一様に解放感に満ちた歓声を上げた。

今日も今日とて、中身のない無意味な反省会が始まる。

「全然勉強してなかったから今回絶対ヤバいよー」

「私もー。数学とかマジイミフ状態だったし」

「美鈴《みすず》ー、テストどうだった？」

「まぁ、普通かな」

流れ弾の質問に、私――市塚《いちづか》美鈴が平然と答えると、友人らは片手で頭を抱えて項《うな》垂《だ》れる。

「美鈴すごいよねー、私なんか全然だったのに。やっぱり一夜漬けじゃ厳しいなぁ」

「あーあ、もうテストとかなくなっちゃえばいいのにねー」

「そーそー、どうせ将来何の役にも立たないんだしさぁ」

彼女達が不平たらたらに傷を舐《な》め合《あ》う中、『まぁ普通』の私は付かず離れずの距離を保ちつつ、スマホ片手に直立するだけ。

——本当にせよ嘘《うそ》にせよ、勉強してないなんて予防線は見苦しいだけなのに。

テストが嫌いという感覚は、私にはよく分からない。別に何かやることが変わるわけでもないし、テスト当日の数日間は午前中で学校が終わってくれるのだ。個人的にはむしろテスト週間が終了して、再び八時間も学校に拘束される方が気が重い。

もちろん口にはしない。嫌みと取られることは、火を見るよりも明らかだから。

「美鈴ー、この後カラオケ行かない?」

「ごめん、今月スマホ機種変してピンチだからパス。また今度誘って」

実際は単に気乗りしなかっただけなんだけど、私は理由を適当にでっち上げて断った。貴重な小遣いを使って素人《しろうと》の下手《へた》な歌を聞かされるより、クーラーの効いた部屋でダラダラする方がよっぽど健全だ。カラオケなんてどうせ夏休みになれば嫌というほど付き合わされる。

「そっかー、残念。じゃあとりあえず五人だね。場所どうしよっか？」

「最近駅前に新しいとこできたんだけど、結構いいらしいよ。そこにしよ」

「オッケー、ユッコとマキも誘ってみるね」

すぐさま切り替えて談笑するその様は、まるで初めから私がいなかったかのようだ。

私は通学鞄《つうがくかばん》を肩に引《ひ》っ提《さ》げ、会話の邪魔にならないよう静かに立ち去った。別れの挨拶を告げる者は、誰もいない。

別に友達なんていなくても困らないんだけど、親に心配されたり哀れみの目を向けられたりするのが不愉快なので、負担を感じない程度で適当に合わせることにしている。それは恐らく彼女らにとっても同じで、適当な言い訳ができるなら誰でも構わないんだと思うけど。

下駄箱《げたばこ》で靴を履き替えて昇降口を抜けると、容赦のない日差しに炙《あぶ》られた。息苦しいほどの熱気に肺を蒸され、私は小さく呻《うめ》く。

「あっつ……」

夏は嫌いだ。

暑いし湿度は高いし食べ物もすぐに傷むし、何と言ってもそこかしこに虫が湧くのは最悪だ。セミがやたらと喧《やかま》しいだけならいざ知らず、黒くてすばしっこいアレと遭遇した日には一日を淀《よど》んだ気持ちで過ごすこと請け合いだ。これだけ科学が発展して尚《なお》、住み分けも殲滅《せんめつ》も叶《かな》わないのだから、薬剤メーカーや駆除業者がわざとバラ撒《ま》いているんじゃないかと疑ってしまうことすらある。

夏は嫌いだ。最悪だ。

かと言って冬が好きかと問われれば、別にそういうわけでもない。今でこそ「夏より冬の方がよっぽどマシ」と思っているけれど、恐らく実際に冬になればその評価もあっさり逆転してしまうだろう。寒すぎて布団の外に出たくなくなるし、雪が積もればインフラがあっさり麻痺《まひ》するし、自転車に乗るとすぐに手や耳が痛くなってしまう。人はしばしば話題作りに「夏と冬、どっちが好き？」という質問をするが、私に言わせれば何の意味もない二者択一だ。北風と太陽が相打ちで消えてくれるに越したことはない。

つくづく世の中には意味のないことが多すぎると、私は思う。

それは例えば肩書きであったり、ランキングであったり、学歴であったり、芸術であったり、ゴシップ、ノルマ、手続き、体裁……とにかく色々だ。多かれ少なかれ、似たような思いは多分他の人も感じていると思う。感じていてその上で、それを口にすることが許されない——そんな雰囲気だ。よく分からない何かについて偉い人が難しい言葉を並べ立て、無縁の大多数がよく分からないままそれに同調する。宇宙の誕生の仕組みが分かったところで、別に貧困や戦争がなくなるわけでもないし、みんなもそのことは分かっているはずなのに。

何となく、私だけみんなと違う世界に居るんじゃないかと思うことがある。正論や本音を言うと人は泣いたり怒ったりするらしいが、私にはその感覚がよく分からないのだ。それが欠点であれば素直に正すべきだし、根も葉もない妄想やデタラメなら粛々と指摘すればいいだけの話だ。腹いせに爆発させた感情で共感や同意を得るやり方は、はっきり言って卑怯《ひきょう》だと思う。声の大きい方が勝つゲームならカラオケでやればいい。

行き場のない蟠《わだかま》りを強引に呑《の》み下《くだ》し、私は深い溜息《ためいき》を吐《つ》いた。

私だってこんな偏屈なことじゃなくて、もっと楽しくて面白いことを考えたい。だけど実際問題として勉強は窮屈だし、運動は退屈だ。友人関係は億劫《おっくう》なことの方が多いくらいだし、小説も映画も音楽もアニメも漫画もゲームも流行《はや》りのものは何が面白いのかさっぱり分からない。たまに気に入ったものに巡り合えても、大抵の場合は打ち切りになってそれきりだ。

売れないものは必要でないから、淘汰《とうた》される。この大量消費社会で、それは当然の原則だ。

——だけど、それを言うなら。

——必要でないものを好きになった私は、何なんだろう。

ふと、私は足を止める。

汗ばんだ背中に制服のブラウスがじっとりと張り付き、私は炎天下にも拘《かかわ》らず寒気を感じた。下らない哲学と脳内で笑い飛ばすことが、なぜか今日に限ってできなかった。下らない連想ゲームの果てに期せずして自己否定という終着点に行き着いたことが、たまらなく恐ろしく思えて仕方なかった。

一人でいると気を紛らわせることもできなくてよくない。やっぱりカラオケについていけばよかったかな、とか柄にもなく後悔し始めた矢先。

「…………んん？」

私の視界に、何やら怪しげな影が割り込んできた。

カッターシャツとスラックス姿の男子生徒が、キョロキョロと周りを見回したかと思うと、早足で道路脇の雑木林へと駆け込んで行ってしまったのだ。遠目にもかなり小柄で中学生くらいに見えたけど、あれは私の通う高校の制服だ。

そして何となく、私はその生徒を知っているような気がした。

だけど、暑さに思考をやられかけていることもあって、私の頭はどうにもそれ以上回ってくれない。そもそも同級生の名前なんて、女子ですらさほど覚えていないのだ。これだけ離れた距離の男子の名前なんて分かるわけもない。

男子生徒は雑木林に踏み入る姿を見られたくないようだった。私は暫《しば》し、彼の気持ちを汲《く》んで見なかったことにするか否か迷ったが。

——どうせ暇だし、こっそりついていっちゃえ。

人生と人間社会という壮大なテーマに不貞腐《ふてくさ》れていたこともあり、悪戯心《いたずらごころ》で彼の後を付けてみることにしたのであった。


「……あーもー、クッソ……」

雑木林は外からの見た目以上に下草が深く生い茂っていて、もはや先行した彼がどこをどう通ったのかすら分からない。湿っぽい土でローファーは見る見るうちに汚れるし、払えど払えど顔に掛かるクモの巣も鬱陶《うっとう》しい。だけどここで引き返したら、平然とここに踏み入った彼に根負けするような気がした。

何の意味もない身勝手な意地だが、知ったことか。今は意味のないことに集中したい気分なんだ。せめてあいつが誰で、こんな所で何をしているのかくらいは知って帰らないと割に合わない。だから隠れてないでさっさと出て来やがれ、この野郎。そんな男勝りの悪態を胸中で吐きながら愚直に突き進んでいると、やがて雑木林の奥から妙な物音が聞こえてきた。

立ち止まって耳を澄ますと、固い何かがぶつかり合う音だった。ガチャン、ガチャンという音の方向に、私は早足で向かっていく。好奇心よりも、これでやっと大手を振って帰れるという安堵《あんど》が私の胸を満たしていた。

やがて視界が開け、飛び込んできたものに、

「…………」

私は、暫し言葉を失った。

そこは雑木林に囲まれた円形の空き地となっており、夏の陽光が何物にも遮られることなく燦々《さんさん》と差していた。

しかし、その夏の太陽が照らしあげていたものは――見るも無残な、ガラクタの山。

破砕処理もされないまま山積みにされており、不法投棄された粗大ゴミの数々であることは明らかだ。年代物の洗濯機、業務用らしき冷蔵庫、自転車やバイク、比較的

新しそうな薄型テレビにＤＶＤプレーヤーまで様々だ。積もり積もったガラクタ山は、実に標高5メートルほどもあろうか。

その山の頂点に一際ヘンテコな形のゴミが鎮座しているかに見えたが、よく見るとそのゴミは蠢《うごめ》き、緩慢な動きでガラクタを掻《か》き分《わ》けていた。ガラクタ山の一部が崩れ、ガチャンガチャンという音が鳴る。

ガチャン、ガチャンガチャチャチャチャガラララ――

「……あっ」

私は思わず声を上げた。絶妙なバランスを保っていたガラクタが不意に雪崩《なだれ》を起こし、彼の足下が崩れてしまったのだ。何とか一瞬は踏《ふ》み止《とど》まったものの、私の上げた声に彼が反応して振り返り、それが決定打となった。

「うわぁっ⁉」

捻《ひね》った体が重心を乱し、踏み台にしていた電子レンジが山の一部からすっぽ抜けてしまった。文字通り足の踏み場をなくした彼は、無様にガラクタの山に体を打ち付けながら、派手な砂埃《すなぼこり》を上げて地面に転げ落ちる。

「…………」

「…………」

うつ伏せになった彼と、私の目が合った、次の瞬間。

「……あっ」

「……？　いてっ」

満身創痍《まんしんそうい》の彼の頭に、とどめよろしくブリキ缶が落下。

一昔前の漫画のようなその有様に、私は心配すべきか笑うべきか立ち去るべきか迷ったが、とりあえずの無難な対応として一番を選択した。

「……あの、大丈夫？」

「大丈夫……じゃないかも……死ぬかと思った……」

立てた片膝に手をつき、彼は大袈裟《おおげさ》な所作で立ち上がってみせた。今の言動だけ切り抜けば不屈の魂に感動するシーンたり得たが、実際の顚末《てんまつ》はガラクタ山で足を踏み外して転んだだけだから救いようがない。

彼はひどく顔を顰《しか》めながら全身に目を遣《や》り、軽度であることを確認すると、大儀そうにカッターシャツとスラックスの埃を叩《たた》き落《お》とす。

「いきなり声掛けてくるからびっくりしたよ。何してるの、こんな所で」

「えっ、それこっちの台詞《せりふ》なんだけど」

他人事のような彼の質問が完全に予想外で、私は食い気味に切り返した。

見覚えがあった気がしたのも当然と言うべきか、彼は私のクラスメイトだった。名前は確か東屋《あずまや》。下の名前は生憎《あいにく》知らない。

東屋は私をまじまじと見つめたかと思うと、ガラクタの山へ無造作に顎をしゃくる。

「ガラクタを集めてるんだよ。見て分からなかった？」

「えっ、だからその行動の意味が分からないって言ってるんだけど」

ナチュラルに見下したような言葉遣いが腹立たしく、私の言葉には若干の刺々《とげとげ》しさが宿っていた。あのまま打ちどころ悪く気絶でもすりゃよかったのに。

東屋はしばらく返答に悩んでいるようであったが、やがて踵《きびす》を返してガラクタ山に歩み寄り、思慮深げに語り出す。

「こうして見ると汚いゴミの山だけど、意外とまだ使えるものもあるんだよ。一本数百円のヒューズや銅線が切れただけのものも沢山ある。まぁ、修理するより新品を売る方が楽で利鞘《りざや》も大きいし、儲《もう》けが出なければ循環型社会なんて簡単には実現しないよね。悲しいかな、この大量消費社会」

「さり気ある感じに話逸《そ》らすのやめてくれない？」

いい加減イライラしてきた。私はこんな所までエコロジーについてのご高説を賜りに来たわけではない。

「あんた何なの？　家が貧乏だから集めたゴミでリサイクルでもしてんの？」

「まぁ、そんなとこ」

ガラクタ山に飛び乗った東屋は、素っ気ない一言だけを返し、黙々とガラクタ漁《あさ》りを再開した。崩し、引き抜き、見定め、何らかの基準に従って地面に振り分けていく。

私は聞こえよがしな溜息を吐いたが、それもガラクタ同士のぶつかり合う音に掻き消えてしまった。このクソ暑い中、わざわざ雑木林を掻き分けて来てみれば、そこにはガラクタの山を漁る頭のおかしいクラスメイトが一人だ。エロ本の隠し場所の方がよっぽど話の種にでもなっただろうに。

――けれど。

一心不乱にガラクタを集める東屋の姿は、単なる貧乏癖や無意味な奇行とは思えないほど生き生きしているように見えた。炎天下、滴る汗を拭う彼の顔には、時折笑顔さえ窺《うかが》える。

何がそんなに楽しいのか全く分からない私は、多少の軽蔑を込めて彼に問う。

「楽しい？」

「うん、すごく」

こちらを見向きもせず即答する東屋からは、少しの嫌みも感じられない。

途端、私は理由のない自己嫌悪に陥り、短い一言を置き土産に背を向けた。

「そっか」

そして、そのまま来た道を引き返し始めた。せっかくのお楽しみを邪魔するのは忍びない。

私は何も楽しくないけれど、本人が楽しいなら何よりだ。私に理解できないからといって、東屋の趣味に私が口出しするべきじゃない。私には何の関係もないのだから、そんなにガラクタが好きなら、そのままガラクタと結婚でもしていればいい。

――私は、何も楽しくないけれど。

数十分振りに戻ったコンクリートの歩道は、まるで別世界のように小綺麗《こぎれい》で。

そこで今更のように、帰る私を東屋が呼び止めなかったことに気付き、なぜだか私は無性に不愉快になってしまうのであった。

翌日、一限後。

いつものように教室の後ろで友人らの話を聞き流していた私は、最前列の机に突っ伏して寝る東屋に歩み寄り、後頭部に軽く手刀を落とした。

「いてっ」

腕枕がずれ、東屋の額がゴチンと机にぶつかった。

東屋は寝《ね》ぼけ眼《まなこ》で私を見上げ、呂律《ろれつ》の回らない声で問う。

「……市塚さん、どぉかした？」

「どうかしてんのはあんたでしょ」

私は種々雑多な思いを込めて言い返し、英語の授業後のまま放置されている黒板へ顎をしゃくった。

「日直。さっさと黒板消して」

そこで目が覚めたらしい東屋は、機敏に立ち上がってにこやかに礼を述べた。

「あ、そっか。教えてくれてありがとう」

私の手刀を意にも介していないことに罪悪感を覚え、私は目を背けて不愛想に一言。

「……別に」

授業が滞るとこっちが迷惑なだけだ。ついでに何となくムカついただけだ。英語の授業中もほとんど寝てるみたいだったけど、最前列で堂々寝るとか普通有り得んわ。

昨日の夜何してたんだ、お前。

教室の後ろまで戻った私は、黒板消しと格闘する東屋の様子を観察した。小柄な東屋は腕を限界まで伸ばしても、黒板の高い所に書かれた字まで届かない。黒板消しの端っこを指先で持ち、どうにか消そうと躍起になっている。

腕、めっちゃプルプルしてんぞ。そんなことしてたら落っことし……たわ。頭に黒板消しが落ちて河童《かっぱ》みたいな見た目になってる、言わんこっちゃない。身の程を知れ、身長的な意味で。

その有様が昨日のワンシーンと重なり、私は無意識に唸《うな》る。

「……むーん……」

こうして見ている限りは、東屋の行動は普通だ。私に対して何か特別に警戒しているわけでもないし、一晩経《た》った今、昨日のアレは全部ただの夢だったんじゃないかって気もしてくる。まぁそれはそれでヤバい気がしないでもないけど――

「……あの、美鈴？」

そこで私はハッと我に返り、私を心配そうに見つめるクラスメイトの存在に気付いた。

「えっ？　あ、ごめんココア、何の話だったっけ」

高梨古虎亜《たかなしここあ》、通称ココア。明るい茶髪といい短めのスカート丈といい広い交友関係といいよく通る声といい、まさにＴＨＥ・ＪＫといった趣のクラスメイトだ。その派手な外見だけでも私とは相容《あいい》れなさそうな気がするけど、彼女の誰彼構わず声を掛けてくる性格のお陰で絡みは結構多い。多少喧《かしま》しく感じることはあるけど、最近の情報やクラスの立ち位置に困ることもないので、私は惰性で彼女のクラスタに所属している。

「ううん、別に何でもないんだけど……どうかした？」

「えっ、私、今どうかしてた？」

思わず訊《き》き返《かえ》した私に、キラキラネームガールは全然キラキラしていない深刻な表情で頷《うなず》く。

「めっちゃどうかしてたよ。確実に人一人殺《や》ってる目ぇしてたもん」

「マジか……」

思った以上にどうかしてたらしい。私は眉間に指を遣り、皺《しわ》をグイグイと伸ばす。

いやまぁ、どうかしてるのは私じゃないんだけど。東屋だけど。そして人殺しの目を知っているココアだけど。

「東屋の方見てたよね。あいつのこと気になってるの？」

「別に。恋愛とか興味ないし」

ある意味気になっているのはその通りだが、私はココアの好奇心を敢《あ》えて冷淡にあしらった。

昨日のガラクタ山の一件は誰にも話していない。男女二人で雑木林の密会など、字面だけで茶化されること請け合いだ。想像しただけでもかったるいことこの上ない。

「美鈴っていっつもそうだよねー。もしかして男より女の方が好きとか？」

「別に」

——恋愛に興味がないって言ってるじゃん。

彼女らとの会話はいつもこうだ。事ある毎《ごと》にクラスやテレビの誰それが気になるだとか好きだとか付き合い始めただとか、話題に挙げること自体が何かのステータスであるかのように語り出す。内輪で盛り上がる分には勝手にすればいいと思うけど、当事者や興味のない人間を巻き込んでの暴走は理解不能だ。経験値が貯まるわけでも魅力が高まるわけでもなし、誰にも何のメリットもない。少なくともココア、あんたは自分の成績と名前をもっと気にすべきだろ。

ちなみに東屋の下の名前は智弘《ともひろ》らしい。普通すぎて感動すら覚えた。閑話休題。

小鳥の囀《さえず》りのような友人達のトークは、終わる気配がない。毎度のことながら、よくもまあここまで話のネタが尽きないものだと感心する。

無益な情報の奔流を聞き流す私は、窓の外に目を遣り、恨めしげに小さな溜息を吐いた。

──人生って、つまんない。

大嫌いな夏が終わるのは、まだまだ当分先になりそうだ。


その日の放課後、私の足は昨日の雑木林に向かっていた。

今月ピンチと言った手前、友人らと遊び歩くのは躊躇《ためら》われるし、まっすぐ家に帰っても宿題くらいしかやることがない。答えの分かり切った問題よりも、私は未《いま》だ答えの分からない東屋智弘の奇行の方が気になった。

しかし、辿《たど》り着《つ》いたガラクタ山に東屋の姿はなかった。東屋がいないガラクタ達は、まるで最後の拠《よ》り所《どころ》を失ってしまったように見え、言い知れない寂しさが漂っているように思えた。

私は涼しい木陰から抜け、ガラクタ山のふもとに歩み寄ってみた。何かお宝や掘り出し物でもあるのかと疑ってみるが、こうして見る限りは何の変哲もない粗大ゴミばかりだ。東屋が昨日分別し、地面に置かれっぱなしになっているガラクタも、特段代わり映えしたものには見えない。

ジリジリと、直射日光が黒髪を焦がす。立っているだけでも億劫なのに、こんなガラクタのために少なくない労力を費やすなんて、どうかしているとしか思えない。

彼の意図をどうにか測ろうと考え込んでいると、雑木林の中から葉擦れの音が聞こえてきた。

無造作に音の方に目を遣ってみると、予想通りの人物が姿を現す。

「あ、今日も来たんだ」

片手を上げて能天気に挨拶する東屋を見ると、真剣に思考に耽《ふけ》っていた自分がバカバカしく思えてくる。

募る蟠りを発散させるように、私は敢えて少し高圧的に返した。

「来ちゃ悪かった？」

「そんなこと言うつもりじゃなかったんだけど」

東屋は私のささやかな悪意など歯牙にもかけず、通学鞄を適当な場所に置くと、昨日集めたガラクタを一つ一つ検《あらた》め始《はじ》めた。

太陽に翳《かざ》したり指で軽く弾《はじ》いたりを繰り返す傍ら、東屋は続ける。

「ただ、昨日はちょっと言いそびれちゃったんだけど、他の人には僕がここでやってることは話さないでほしいんだ」

「言われなくても、話すつもりとかないし」

口が軽い女と思われたっぽいのが心外で、私はつっけんどんに答えた。話題に挙げるデメリットの方が大きいくらいだし、ゴミ漁りをする高校生に交渉の余地があるとも思えない。

どこまでも打算的にそう結論付けただけの私に、東屋は検分の手を止め、屈託のない笑顔を向けてきた。

「ありがとう。優しいんだね、市塚さん」

「……別に」

対照的なほどに純粋な東屋の一言で、胸の奥がチクリと痛んだ気がした。東屋と話していると、自分の性格の悪さが嫌になる。

再びガラクタ弄《いじ》りに集中し始めた東屋の背中から、私はストレートに尋ねた。

「楽しい？」

「あはは、昨日も同じこと聞いてたよね」

カラカラと笑う東屋は、まるで他人事だ。得体の知れない摑《つか》みどころのなさが腹立たしい。

東屋は答える代わりとばかりに、同じ質問をぶつけてきた。

「市塚さんはずっと見てるだけだけど、楽しい？」

「全ッッッ然」

待ってましたと言わんばかりの即答だった。

その一言に留《とど》まることなく、私は気遣いの欠片《かけら》もない率直な思いを捲《まく》し立《た》てる。

「何が楽しいのかも何の意味があるのかも全く分かんない。ガラクタ集めしないといけないくらい貧乏なのかと思ったけど、そういうわけでもなさそうだし。どういう基準で分別してるのか分かんないけど、そもそも持ち帰るつもりないよね、それ」

「そりゃそうだよ、こんなもの家に持ち帰ったら怒られちゃう」

東屋は尚も笑い半分にそう応じたが、言っていることが違う。昨日はリサイクルのようなものだって答えてたのに。

「じゃあ何のために――」

私の問い掛けを受けた東屋は、唐突に立ち上がって両手を軽く払った。

「いいよ。本当はあんまり言いたくないんだけど、秘密にしてくれるお礼」

言うが早いか、ガラクタ山を離れて何処《どこ》かへと歩き出す。

「ついてきて」

『あんまり言いたくない』と言った割には、その足取りは随分と軽やかだ。『ここだけの話だよ～』とか言いながら笑顔でベラベラ喋《しゃべ》くり回《まわ》る女子か。何ていうか、もはや東屋と私の性別入れ替えた方がちょうどいいんじゃないのか。

訝《いぶか》しみながらついていく私に、東屋は伸び放題になった草の根の一点を指差した。

指し示した先にあったものは、青いビニールシートで覆われた何かだった。膨らみ方はまるで人の形のようで、死体を連想した私は思わず身構えてしまう。

息を詰める私に構わず、東屋はビニールシートを取り払い――現れた〝それ〟に、私は目を点にした。

「………何、これ」

無感動な私の問い掛けが聞こえていないようで、東屋はどこか得意げに語り出す。

「不格好だけど、ここまで組み立てるのは苦労したんだよ。まともな材料も道具も知識もないんだから、ある意味当然だけど。特に窓部分なんかは使えそうなのが見当たらなくて……」

「いや、だから、何なのこれ」

何なの、と言いつつも、私は既に〝これ〟が何であるか予想が付いていた。

長さは概《おおむ》ね2メートルといったところか。金属板や硬質プラスチックを継《つ》ぎ接《は》ぎして作り上げた外装は見るからに頼りなく、私が爪先で蹴っ飛ばしただけでも壊れてしまいそうだ。形状は直径1メートルほどの多角形に近い円筒形で、先端が丸っこく収束している。これだけなら趣味の悪い棺桶《かんおけ》かタイムカプセルに見えないこともないが、側面にご丁寧に搭載された一対の直角三角形の尾翼を見れば、結論は自《おの》ずと導かれる。

硬直する私に、東屋は汗まみれの顔を綻ばせ、正解を口にした。

「ロケットだよ。僕は、これで宇宙まで飛んでいきたいんだ」

「…………」

沈黙を縫うように、一陣の風が吹き去って行く。

バカだバカだと思っていた。毎日毎日、このクソ暑い中でガラクタに埋もれているんだから、そう思って当然だ。それでも、この行動に実は何か深い意味があるんじゃないかという思いも、ないわけではなかった。彼は学校で素行が悪いわけでも、特段目立つ行動をしているわけでもないのだから。

だが、その認識は今、綺麗に上書きされることとなる。

「……頭、おかしいんじゃないの、あんた？」

東屋智弘は、ただの大バカ野郎だった。

konosora no uede
itsumademo kimi wo matteiru

2 ガラクタの王様

小中高共通の憩いとも言える、貴重な休み時間。

「……むーん……」

私は友人らの会話もそっちのけで、東屋智弘の動向を注視していた。

何か異常な行動を認めたらすぐにでも担任に報告してやろうと思っているのだが、今のところ——というより、東屋は学校では至って普通の態度で過ごしている。せいぜい休み時間（たまに授業中にも）死んだように眠るくらいだ。寝る子は育つというが、どれだけ寝ても心身共に育たない残念な子がいるという現実を、まざまざと見せ付けられただけだった。

しかし、他の誰を欺こうとも、私だけは知っている。東屋が常軌を逸した異常者であるという揺るぎない事実を。

——それで上手いこと猫被《かぶ》ったつもりかよ、生憎私は犬派なんだよ。

自然、目に力が入り、無意識に親指の爪を噛《か》む。

「……あの、美鈴、どうかした？」

ココアから遠慮がちに声を掛けられたことで、私はようやく我に返った。

「えっ、私またどうかしてた？」

身に覚えのあるやり取りで、遂にタイムリープでもしたのかと思ったが、別にそういうわけではなかったようだ。

「めっちゃしてたよ。確実に人三人くらい殺ってる目ぇしてたもん」

「マジか……」

犠牲者が二人増えてしまった。グイグイと眉根の皺を伸ばしながら、私は殺人鬼の目にやたら詳しいココアに警戒心を募らせる。

それもこれも、机に突っ伏して眠りこける東屋のせいだ。私の心労などいざ知らず、幸せそうにすやすやと。

――おう、そのままちょっと永眠してみるか？

軽く拳を握った私は、せめてもの腹いせにそんな邪念を東屋の夢に送り付けてやった。


異常な行動を認め次第担任に報告――とはいうものの、それもどれだけ効果があるかは甚だ疑問だ。なぜなら担任への報告は、実は既に済ませているのだから。

時は一日ほど遡る。

予想の斜め下らへんを行く東屋智弘の告白を聞いた私は、あの後早足で学校に戻り、職員室に残る担任の元まで直行した。

「先生、話があるんです。緊急です」

「市塚、いきなりどうした」

菓子パンを頬張る笠本《かさもと》先生は、口元にパン屑《くず》を付けたまま神妙な面持ちで訊き返してきた。

私は声を潜め、ハンドサインを交えて先生を急《せ》かす。

「いいから来てください、ここだと人が多いです」

ただならぬ気配を察してくれたのか、先生は食べ掛けの菓子パンを放って私についてきてくれた。口元にはまだパン屑が付いていたが、今はそんなことはどうでもいい。

職員室前の薄暗い階段まで来た私は、周囲に人の気配がないことを確かめてから、単刀直入に用件を述べた。

「東屋は精神的な病気です。すぐにでも措置入院させるべきです」

「……俺のクラスの東屋だよな？　精神的な病気って、一体何があったんだ？」

釣られて声を低める先生の表情は、真剣そのものだ。

話が早くて助かると、私は何度も頷きながら詳細を伝える。

「頭おかしいんですよ、あいつ。雑木林のゴミを集めてロケット作ってるんですよ。

あれはどう考えても精神から来るタイプの異常行動です。もしくは暑さに頭をやられたか」

　正直、ここまで言えば事の深刻さを理解してくれると思っていた。自分の受け持つクラスから問題行動を起こす生徒が出るなんて、先生としては憂慮すべき事態のはずだから。

　だが……先生の反応は、無情にも私の予想を裏切るものだった。

「何を言い出すかと思えば、大袈裟だなぁ……」

　先生は拍子抜けした風に肩の力を抜くと、言葉尻に笑みの気配さえ漂わせて続ける。

「あいつなりの思い出作りだろ。ゴミを使っているなんて、エコロジーでいい廃材アートじゃないか。それに、別に珍しい話でもない。俺も昔はダチと林の中に秘密基地を作ったりしてな、男子はみんなそういうのが好きなんだ」

　楽観極まる先生の答えに、私は唖然《あぜん》とさせられた。言葉として伝えるだけで、こうも認識にズレが生じてしまうとは。

　っていうか、あんた、高校生にもなって秘密基地作ってたのか。それはそれで問題だぞ。

「そんな呑気《のんき》なこと言ってる場合ですか！　あいつ、それで宇宙に行くとか舐め腐ったことぬかしてやがるんですよ!? あのバカが万が一事故とか起こしたらどうするつもり——」

「市塚、それ以上は先生も怒るぞ」

早口で捲し立てる私を遮り、先生は厳しい口調で凄《すご》んだ。

その目に先程までの柔和さはなく、私は思わず口を噤《つぐ》んだ。口元のパン屑は、いつの間にかなくなっている。

「お前なりに東屋を気遣ってくれていることは嬉しい。けどな、東屋だってバカじゃないんだ。煙草《たばこ》や薬物に走ってるわけでもないんだし、しばらく見守ってやればそれでいいだろ」

「だけど……!」

尚も食って掛かろうとする私であったが、先生はもはや聞く耳を持とうとしなかった。

「もちろん、先生からもあまり無茶はしないように言っておく。何事も安全第一だからな。他に何かおかしな兆候があったら、先生に教えてくれると助かる。報告ありがとうな、市塚」

片手で私を制しながら一方的に話をまとめると、さっさと職員室に引き返してしまった。

一人残された私は、しばらく何も考えられずカカシのように立ち尽くしていたが、やがて腹の底から沸々と怒りが込み上げてくるのを感じた。

『おかしな兆候を教えてくれたら助かる』だって？　たった今教えたばっかりだろ。予防線か何か知ったところではないが、よく言ったものだ。どうせその報告だって適当に聞き流して握り潰すつもりの癖に。

年齢と権力に頼りやがって。あんたなんか先生じゃないわ。笠本だ笠本。

「……事なかれ主義のクズ教師めぇ……」

押し殺した声で毒づくと、私は可能な限り大きく鼻を鳴らして立ち去った。

——どいつもこいつも、バカばっかりだ。


嫌なことは重なると言うが、何も四時間後に重なる必要はないと思う。

その日の夜。風呂上がりに髪を拭きながら自室に戻った私は、ベッドの上に鎮座するデカいゴミの存在に顔を顰めた。

「何で私の部屋にいんの、お姉ちゃん」

着古したスウェットでベッドに寝転がり、スマホを眺めながらビールを呷《あお》る姉——市塚美典《みのり》は色気も何もなく、完全に中年のオッサンそのものだ。これで彼氏持ちの大学生というのだから、つくづく世の中には特殊な性癖の持ち主がいるものだと思い知らされる。

姉は私の方を見ることすらせず、スマホ片手に白々しくうそぶいてみせた。

「あー、わざわざ寝る間を惜しんで布団を温めておいた私の気遣いが分からないかー」

「ほほう、猿の分際で気が利くではないか」

「ウキー愛《いと》しのお姫様に褒められて嬉ちいウキー」

クソ猿が、と私は舌打ちした。こっそり動画撮影してYouTubeにでも流してやろうか。タイトルは〝猿の飼育日記〟で。

ビール溢《こぼ》したらマジであのロケットの錆《さび》にしてやるからな、などと邪念を送りつつ、私は酒臭さから逃れるべく窓を開けた。夜風に乗り、夏の匂いが部屋に流れ込む。

何気なく見上げた空には、夏の大三角形が浮かんでいる。

「……ねえ、お姉ちゃん。例えばの話だけどさ」

ふと姉が出す答えに興味を持った私は、敢えてそう前置きしてから質問した。

「高校生がロケットを打ち上げて宇宙に行くことって、できると思う？」

姉はスマホから目を外して私を一瞥《いちべつ》し、答える代わりに短く一言。

「何あんた、宇宙に行きたいの？」

「別に行きたくないし！　例えばの話って言ったじゃん！」

何のためにわざわざ前置きしたと思ってんだ、このバカ大学生。

番犬のごとく威嚇《いかく》する私を歯牙にもかけず、姉はスマホに目を戻して容赦なく地雷を踏み抜いていく。

「だっておかしいじゃん、何でいきなりそんなことが気になんの」

「もぉーもぉぉー！　だぁーかぁーらぁー！」

犬がダメなら牛だ。近所迷惑にならないギリギリのラインを守りつつ、私は焦《じ》れったさに声を荒らげた。

「できるかできないかって訊いてんじゃん！　無理でしょ!?　無理だよね！　はいはい無理無理ありがとうごめんね変なことに付き合わせて——」

「いやー、無理とも言い切れないかもよ？　ちょっと待ってて」

「——えっ」

極めて平然とした姉の答えに、私は素っ頓狂な声を上げた。

姉は何やらスマホの画面を凝視したかと思うと、唐突に私に投げてよこした。

「ほら、見てよそれ」

「ちょっ……とっ」

辛うじてキャッチに成功し、姉に言われるまま表示されているニュースを見る。

わざと落としときゃよかった、という後悔は、その内容の衝撃でたちどころに消え去った。

少し古い二〇一一年のニュースだった。要約すると、アメリカのネバダ州でアマチュアのロケット技師が自作ロケットを宇宙まで飛ばし、成層圏を撮影ののち地球に帰還したロケットを回収したという主旨だった。

本人が発射や観測の様子を動画サイトに投稿しており、記事中にリンクが埋め込まれていた。それらをざっと流し見た私は、言い訳がましい言葉を並べながらスマホを突っ返した。

「いや、そりゃ大人ならできるかもしれないよ？　実際この人、本職がエンジニアか何かみたいだしさ。だけど高校生が、しかも人一人を乗せて宇宙まで行くなんて……」

「もう一個のタブ見てみ」

姉は私の言葉を遮り、スマホを指差した。言われるままにスマホを操作し、タブを表示する。

先程のニュースから二年後の、二〇一三年。これまたアメリカのカリフォルニア州で、ホームセンターの材料で作ったロケットを宇宙まで飛ばし、地球を撮影したという内容だった。

製作者の当時の年齢は、何と十三歳。私より三歳も年下の中学一年生相当、それも女子だ。

「マジか……」

年齢も然《さ》ることながら、てっきり打ち上げには厳しい規制があるものだとばかり思っていたから、無人とはいえ民間人が結構軽いノリでポンポン打ち上げているのには少々度肝を抜かれた。流石《さすが》は宇宙開発の総本山と言うべきか。

――生まれる国を間違えたな、あいつ。

日本でそんなことをしでかそうものなら、〝お騒がせ者〟として個人情報を拡散されて社会的に抹殺されることは明らかだ。合法にせよ違法にせよ結末は大して変わるまい。

「まぁ、どっちもカメラで地球を撮影しただけだし、人を乗せてってのは許可の問題もあるから難しいと思うけどねー。四、五年前の技術レベルと中学生の知識でそこまで行けるなら、その気になればできないこともないいんじゃないの？　知らないけど」

今度こそスマホを受け取った姉は、もう一度ニュースを眺めながら結論付けた。

つい納得しかけた私だったが、すぐに我に返って反論する。

「いや、でも帰って来れないし死ぬでしょ。そんなリスク冒すくらいなら、倍率高くてもとりあえず宇宙飛行士目指すでしょ、普通」

「さっきからあんたは私をどこに誘導したがってんの？」

終わらない水掛け論を不服に思ったのか、姉は呆《あき》れた表情で溜息を吐く。私は少しだけ迷ったが、恐らく姉が東屋と関与することはないだろうと考え、東屋智弘の奇行について簡単に説明した。

話を聞き終えた姉は申し訳程度に黙考し、至極軽々とした結論を弾き出す。

「私はその子のこと知らないけど、今やることに意味があるんじゃないの？　欲しいものとかやりたいこととかって大抵は突発的じゃん。ほら、ガチャガチャやりたいやりたいって子供が駄々こねるアレとかさ」

「マジか……」

あいつの行動、アレと一緒か。当《あ》て嵌《は》めて想像すると秘密基地以上にキモい。

まぁ、秘密基地やガチャガチャと同類なら、そのうち飽きてくれるだろう。奇行改善の見通しに多少なりとも安堵した私は、同時に今更のようにある疑問が浮かんだ。

「っていうか、お姉ちゃん、やたらとロケットに詳しいんだね」

「いや、あんたの話を聞いてスマホで調べただけ。私もさっき初めて知った」

あけすけに真実を語る姉に肩透かしを食らい、私は真顔で頷く。

「……ああ、うん。だろうね」

グーグル先生は何でも知っている。最善の人生を指一本で検索できる日もそう遠くなかろう。

益体のないディストピアに思いを馳《は》せていると、踏み抜くだけでは飽き足らなかったのか、姉が最大級の地雷を油断した私に投げ付けてきた。

「で、何？　あんたは彼と一緒に宇宙まで行きたいわけ？」

「行きたくないし！　クラスメイトが意味不明なことしてるから止めたいだけだし！」

どこをどう勘違いしてそうなった。ガラクタロケットでイカれたクラスメイトと宇宙旅行とか、罰ゲームどころか普通に死刑だろ。

いきり立って歯を剝《む》く私を、姉は冷静に観察するばかり。

「そっか、あんたって変なところでバカだからちょっとびっくりした」

「私はバカじゃないから！　私以外が全員バカなだけだから！」

姉にビール缶を押し付けた私は、背中を両手でグイグイと押し、強引に部屋から追い出した。

二度とウチの敷居を跨《また》ぐな。あんたなんかお姉ちゃんじゃないわ。姉だ姉。

「もう寝るから！　明日早いから！　さよなら！　おやすみ！　シーユーグッナイ！」

頭に血が上った私は思い付くままに喋りまくり、有無を言わさずピシャリとドアを閉じた。

◇　◇　◇　◇　◇

廊下に追い出された姉は、子鼠《こねずみ》のような妹の剣幕を思い返し、肩を竦《すく》める。

「……私以外が全員バカ、ねぇ」

僅かに残ったビールを口の中に流し込むと、憂いを帯びた表情で小さく呟《つぶや》き、自室へと戻って行った。

「バカは決まってそう言うんだよ、美鈴」

◇　◇　◇　◇　◇

思い返すも昨日は散々な一日だった。

いいことだけ来いとか思ったから、悪いことが拗《す》ねて押しかけてきたんだろうか。

そういうことやってるから嫌われるんだと早く気付いてほしいものだ。

そんなアホなことを考えている内、あっという間に放課後がやって来る。

全部夢であればという願いも虚《むな》しく、東屋は当たり前のようにガラクタ弄りに励んでいた。

どうやら今日はガラクタ集めではなく、集めた材料でロケットを組み立てる日らしい。通学鞄の中から取り出した工具を器用に操り、分解と再構築を黙々と繰り返す。

組み立てに用いているのは、ネジやボルトではなく瞬間接着剤だ。炎天下でガラクタとの終わらない格闘を繰り広げる東屋に、私は比較的涼しい木陰から訝しげに問う。

「……接着剤とか頼りなくない？」

「そんなこともないよ。接着剤は本物の飛行機やロケットの組み立てにも使われているんだ。乾けば隙間を埋められるし、全部ボルトで留めたら飛べなくなるくらい重くなっちゃうから」

「へ、へぇー……」

いや、理屈としては分かるけど、それ多分航空機専用の超強力な奴《やつ》だよね。ホームセンターのセメダインとかアロンアルファがロケット発射のGと温度変化に耐えられるとか思ってないよね。まぁ私も姉の陰謀でオーケーサインのまま指がくっ付いた時は、想像以上の強度に軽く絶望したけど。

ちなみにその時の私は姉に散々笑われた後、必殺オーケーサインパンチを姉にお見舞いしてから恥を忍んで剝がし液を買いに行ったが、帰宅直後に除光液で剝がせることを母から教わった。ファッキンマイシスター。

今度私のベッドに寝転がってたらお望み通りくっ付けてやろうか、などと悪巧みに逸れかかった私の思考は、東屋の一言によって引き戻された。

「市塚さん、ロケットのこと先生に話したんだね」

「え？　……あっ、」

一瞬何のことだか本気で分からなかった。完全に失念していた。あんだけ偉そうなこと言っておきながらこの体たらくでは、言い訳のしようがない。

東屋に問い詰められている現実を認めたくない一心で、私は一思いに開き直ってやった。

「だっ、だってしょうがないじゃん！　あんなこといきなり言い出して、あんたがまともだと思うわけ……」

「ううん、いいんだよ。笠本先生はいい先生だから」

私の必死の弁明を遮り、東屋は緩やかに首を横に振った。

東屋の意外な一言に、私は安堵も忘れて渋面を作る。

「……そうかぁー？」

東屋の表情にお世辞の色はなく、本気でいい先生だと思っているようだ。あんたからすれば無関心ないい先生かもしれないけど、あいつ高校生にもなって秘密基地作ってたんだぞ。

まぁ……頭ごなしに非難できる立場でないのは、その通りかもしれない。当事者と伝聞で同じ印象を抱けという方が無理な話だ。私だって友人からいきなりそんな話を聞かされても、適当に放っておけくらいにしか思わなかっただろうし。

東屋は作業の手を止め、私の方を振り返って汗まみれの相貌を崩してみせた。

「それに市塚さんは、僕のために言ってくれたんでしょ？　その優しさが僕には嬉しいから」

いえ、打算です。あなたが奇行や事故死でニュースになったら、同じ高校に属している私の名誉にも関わるんです。

そんな本音は当然口にするわけもなく、とは言え東屋の素朴な笑顔を直視する勇気もなく、私はさり気なく目を背けてボソボソ呟くのが精一杯だった。

「……とにかく、偉そうなこと言っておきながら話したのは謝る。他の人にはちゃんと秘密にするから」

「ありがとう。そうしてくれるともっと嬉しい」

一日で約束を反故《ほご》にされた東屋は、あっさりと私の口約束を受け入れた。

破った私が言うのも何だけど、フリでもいいからもっと勘繰れよ。いつか痛い目見ても知らないぞ。

まぁ東屋が納得してくれるならそれが一番なので、私は罪悪感から逃れるべく話を切り替えることにした。

「それはそれとしてさ、あんた」

継ぎ接ぎだらけのロケットは六割ほど形にはなっているものの、正直な話、これが空を飛ぶ光景は想像できない。敢えて例えるなら、幼稚園児がクレヨンで描いた落書きが実体化したみたいだ。あり合わせで作っているせいで左右のバランスも歪《いびつ》だし、じっと見ていると騙《だま》し絵《え》じみた違和感さえ生まれてくるように思える。

「毎日よく頑張るよね。本気でそんなポンコツロケットで宇宙行けると思うの？」

否定の誘導尋問に等しい私の質問に対し、東屋は顎に指を当てて唸る。

「んー……分かんない。行ったことがないから」

「いや、そういう話してるんじゃないんだけど」

真剣に考え込んでいるところに悪いけど、打ち上げの最高高度、1メートルも行けば御の字だと思うよ。こんな無駄な努力しないでスカイツリーの展望台とプラネタリウム行った方がいいよ。ついでにソラマチの美味《おい》しいお店も教えてあげるよ。

私の突っ込みに答える代わりに、東屋は空を見上げ、脈絡のない質問を返す。

「初めて宇宙に行った人ってさ、すごく勇気があると思わない？」

釣られて見上げた空は、まだ青色に塗り潰されたままだ。その有様はドーム状の箱庭に閉じ込められているみたいで、その先に無限と永遠の宇宙が広がっているようにはとても見えない。

東屋の横顔を見遣ると、幼子の如《ごと》く目をキラキラさせていた。まるでその先に明るい希望が待っていると確信しているかのように。

「昔はさ、宇宙に人が行くと『体が爆発する』とか『氷漬けになる』とか『血液が沸騰する』とか色々言われてたんだよ。もちろん調べられる限りのことを調べた上で万全を期して行ったんだろうけど、実際に行って何が起こるかなんて分かんないじゃん。エイリアンの襲撃は極端にしても、エンジントラブルが起きて燃料が全部流出したって誰も助けに来られないんだし」

「あー、うーん……まぁ……」

新天地へ向かう勇気のほどは別に宇宙に限った話でもないと思うけど、私的には初めてウニを食べた人の方がよっぽど勇気があるし、成果も有益だと思うよ。あんだけ全身で『食うな』って主張してるトゲトゲ、普通はそっと海に還《かえ》すよ。どんだけお腹《なか》空《す》いてたんだよ。

ロマンもへったくれもない私の思考などどこ吹く風、東屋は私に視線を戻して声を弾ませた。

「死んででも見たい何かがあったんじゃないかって、そう思うんだ」

「つまりあんたにも『死んででも見たい何か』があるってわけ？」

宇宙工学黎明期《れいめいき》ならいざ知らず、人工衛星と愉快な仲間達が二十四時間体制で天体観測を行っているこの時代に、血液が沸騰して死ぬ価値のある目新しい発見が太陽系にあるとは思えない。それこそグーグルで検索すれば、いくらでもお目当ての情報や画像がヒットするだろうに。

人はよく宇宙を無限だとか永遠だとか形容するけれど、それらの形容詞がいつもいい意味を持つとは限らない。

「宇宙なんて無限に暗くて永遠に寒いだけじゃん。行って何すんの？　『地球は青かった』とか言うつもり？　地球が丸くて青いっていう常識は全部ＮＡＳＡの陰謀と思ってるとか？」

あんたの小さな一歩と分かり切った報告なんて、人類にとってもほぼ無価値どころか普通に迷惑なだけだぞ。生身で宇宙空間に飛び出す様子を実況中継でもすれば貴重な映像サンプルになるかもしれんが。実際どうなるのか私も気になる。

私の刺々しい言葉遣いも、東屋の前には暖簾《のれん》に腕押し。

「あはは、市塚さんって変なところでバ……変わってるよね」

「あんた今バカって言い掛けなかった？」

っていうか言ったよね。咄嗟《とっさ》に方向転換したけど運悪く音が一致しちゃった感じだったよね。

「言ってない言ってない、場当たり的って言い掛けてやめただけ」

「『変なところで場当たり的だよね』って意味分かんないんだけど」

変なのも場当たり的なのもバカなのも全部あんたのことだろ。張っ倒すよ。

番犬モードに切り替わりつつある私に、東屋は女子のようにもじもじしながら答えた。

「約束だから」

「約束?」

「うん。宇宙に行くって、約束したんだ。だから行くって決めた」

東屋の頬には朱色さえ差している。

恋する乙女か。見ているこっちが恥ずかしくなる。

「いつ? 誰と?」

「それは秘密。購買のカツサンドを奢《おご》ってもらったって教えないよ」

「いや、奢らないしそこまで知りたくもないけど」

どうせ近所の可愛《かわい》い幼馴染《おさななじみ》との何やかんやだろう。愚にもつかないノロケ話に興味はない。つーか購買のカツサンドとか宇宙から随分とスケール下がったけど、東屋もお腹空いてるんだろうか。

私はスマホを取り出し、ブックマークしたページを確認しながら提案した。

「そんなに宇宙に行きたいなら宇宙飛行士になればいいじゃん。ちょっと調べてみたけど、試験の倍率、高くても五百倍くらいだって。こんなアホっぽいことするより、勉強して試験受けた方が約束した人も喜ぶんじゃないの？」

てっきり千倍くらい余裕で超えるものだと思っていたから、意外と低いというのが正直な印象だった。まぁ受験資格に厳しい制限がある上、試験そのものも不定期に行われることを考えれば、有名企業への就職等と同列に捉えるのは些《いささ》か野暮だろうけれど。

「いやー、宇宙飛行士の試験は勉強だけじゃなくて社会人としての実践スキルも積む必要もあるし、合格はとても無理なんじゃないかな……」

「うん、まぁあんたの場合は性格検査と素行調査で引っ掛かるよね」

授業中に眠りこけるだのガラクタロケットで宇宙に行くだの、こんだけ一般常識が欠落している東屋を連れて行ったところで、エイリアン相手の生《い》け贄《にえ》くらいにしかならないだろう。宇宙飛行士候補者選抜試験がダメで、独学のロケット打ち上げならできるという自信の根拠がよく分からないけれども。

「えへへ、それほどでも」

「えっ、別に褒めてないんだけども」

皮肉が通じなかった驚きのあまり、語尾がシンクロしてしまった。何で東屋はこう他人の悪意に鈍感なんだろう。ここまで手応えがないと新手の煽《あお》りかと腹立たしくなってくる。

東屋の額を汗が伝い、ロケットに滴る。それを放っておくことなく拭き取る東屋は、ガラクタロケットを友人や家族のように心から慈しんでいるように見えた。

「それに、何だか大人になるまで待ってられなくてさ。もちろん宇宙飛行士にはなりたいし、宇宙の勉強もしてるんだけど、居ても立ってもいられないっていうか」

「ガチャガチャ理論マジだったか……」

「ん、何の話？」

「何でもない、こっちの話」

東屋はきっと親がとても厳しくて、子供の頃にやりたいことをやらせてもらえなかったんだろう。そして高校生になって多少自由な行動を取れるようになった結果、その反動でこんなバカげたことをおっぱじめてしまったのだろう。学会で発表すると共に日本中の子育て世帯に聞かせてやりたいケースだ。自制は大事だが、ある程度の飴《あめ》を与えないとこういう輩《やから》に育ってしまう。

そういう意味では、東屋もまた悲しい被害者と言えるのかもしれない。あまりバカにしてやるのも可哀想《かわいそう》だったかな、と思った矢先、東屋から作業の片手間の質問が飛んできた。

「こんなことしてる僕を見て、どう思った？」

「変な形のゴミかと思った」

「あはは、いくら何でもひどくない？」

私の即答に東屋は愉快そうに笑った。どういう答えを期待していたか知らんけど、文句があるなら最初っから訊かなきゃいいのに。

「こんなところで嘘をついても意味ないじゃん。あんたと違って、私は基本的に意味のないことはしない主義だから」

ひどかろうが何だろうが、実際そうなのだから仕方ない。これでも大分オブラートに包んだつもりだぞ。バカって言ったら流石に傷付くと思った私の優しさを悟れ。

「ただ……昨日来た時は、ちょっと違う印象もあったけど」

「ん、どういうこと？」

キョトンとする東屋に、私は木立の隙間から垣間見えるガラクタ山を眺めながら、先日の記憶を掘り起こす。

「私、あんたよりちょっとだけ早くここに来てたじゃん。その時、何となくだけど、あんたがいた時とはガラクタ山が違うように見えたんだ。陰気臭いっていうか、寂しそうっていうか」

汎心論《はんしんろん》みたいなオカルトを信奉しているわけじゃないんだけど、私は確かにそう感じた。実際、ガラクタに心が宿っているわけではないのだろう。楽しそうにガラクタ集めをする東屋のイメージが、集められるガラクタにまで波及してしまったというだけの話で。

「不思議だね。あんたがいると、ガラクタ達が生き生きしてるように見えるんだ。『早く俺を拾ってくれ』って言ってるみたいに」

私は子供じみた感想に気恥ずかしさを覚えつつ、苦笑交じりに言った。

「あんた、まるでガラクタの王様だね」

そんな間の抜けた称号を与えられた東屋は、意外そうに目をぱちくりさせた。

広げた自分の手をじっと見つめ、やがて照れたように顔を綻ばせる。

「えへへ、僕が王様か……」

「えっ、別に褒めてないんだけど。皮肉のつもりだったんだけど」

都合よく後半だけ切り取るなよ。ガラクタだぞガラクタ。廃棄物の王様なんてムシキング未満だからね。

しかし、私の付けた渾名《あだな》がよっぽど気に入ったらしい東屋は、すっかり浮かれた様子でふんぞり返ってみせる。

「ふふふ、愛《う》い奴め、くるしゅうないぞ。なんちって」

「調子に乗んな、バカッ！」

ガラクタの王位なんか興味もないけど、あんまり図に乗ると革命起こすぞ、このバカ殿。

全く、こんな奴に好き放題されるガラクタが不憫《ふびん》でならない。呆れ返った私は、首を振ってぼやく。

「……呑気なもんだよね。私はあんたが将来ゴミ屋敷の主人か何かにならないか心配してるってのに」

「あはは、そんなのなるわけないじゃん」

「どーだか。少なくともこのポンコツロケットが発射に成功する可能性よりは、よっぽど高いと思うけどね」

ガラクタの王呼ばわりで喜んでた奴の断言なんて説得力も何もあったもんじゃないけど、言った以上は絶対なるなよ。

スマホを確認すると、時刻は五時を回ろうとしていた。何だかんだでそれなりに暇を潰すことはできたようだ。

夏の太陽はまだ高みから私を見下ろしているけど、立っているだけでも汗は掻くし喉も乾く。そろそろクーラーの効いた部屋でのんびりコーラでも飲みたい。

「じゃあ、私もう帰るけど、あんたもさっさと帰りなよ。熱中症になったって、こんな所じゃ誰も助けに来ないでしょ」

一応忠告だけしてから、私は足元の鞄を拾い上げ、木陰の下から歩み出た。直射日光に炙られ、紫外線が肌に突き刺さる感覚がした。

散々無駄話している間に日焼け止め塗っとけばよかった、と後悔する私の背中に、東屋の言葉が投げ掛けられる。

「ねぇ、さっき市塚さんが言ったことだけど」

「私が？」

言いながら振り返ると、いつの間にか東屋は立ち上がっていた。

首を傾《かし》げる私に対し、東屋は淡々と言葉を紡ぐ。

「うん、無限に暗くて永遠に寒いっていう」

「それがどうかした？」

大した意味もなかったので、言ったことさえ忘れていた。宇宙のことを悪く言われたのが気に食わなかったんだろうか。これに関しては本当に悪気があったわけじゃないんだけど。

私の催促に、東屋は私の目を見据え、言った。

「無限も永遠も、本来は存在しない。それは僕達が、単に終わりと果てを知らないだけだよ」

セミの声が遠のき、ざわ、と周囲の木々が騒いだような気がした。

東屋の表情は穏やかながらも強い意志に満ちており、口調にも一切の揺らぎがない。つい先程まで王様呼ばわりで浮かれていた奴とは思えないくらいに。こんな雰囲気も出せるのか、と私は内心で驚かされてしまう。

私としては東屋の見解なんかどうだっていいんだけど、言われっぱなしは癪《しゃく》だった。

「たかだか十六年の人生で『存在しない』って断言すること自体、欺瞞《ぎまん》なんじゃないの？」

人間はいずれ死ぬ。人間にとってはそれが終わりであり、そういう意味では全てのものに終わりがあると言えるかもしれないけど、その認識自体がそもそも人間の勝手な尺度だ。人類が滅亡しようが、東屋の愛する宇宙はそんなことにも気付かず膨らみ続ける。

問い返す私に答える代わりに、東屋は愉快そうに含み笑いした。

「……ふふっ、市塚さんって頭いいよね」

東屋の反論がなかったことに、私は安堵と不満が入り混じった思いを抱え、その両方を言葉に変えて吐き出した。

「別によくもない。私以外が全員バカなだけ」

それは事実上の会話の打ち切り宣告だった。私はそれ以上何も言うことなく、また東屋も私に何か言うこともなかったので、私は遠慮なくその場を足早に立ち去った。

意味も理由もないけど、とにかく一刻も早くここから離れたい気分だった。

いや……理由は多分気付いてる。私はきっと羨ましかったんだ。見たことのない景色が素晴らしいものであると夢想し、能天気に冒険心を躍らせる東屋の無邪気さは、今の私にはどう頑張っても得られないものだから。

――死んででも見たい何かがあったんじゃないかって、そう思うんだ。

脳裏で目を輝かせる東屋を、私は極めて邪険に突っぱねてやった。

――知らない方がいいこともあるって、知ってる癖に。

konosora no uede
itsumademo kimi wo matteiru

3 スクラップ・ドリーマー

教室で席に着く私は、白紙を前に小さく唸っていた。

「……むーん……」

小テスト如きで私が悩むことなんてまずないんだけど、今回の問題は〝文化祭の出し物〟。強いて言うなら『参加したくない』というのが正直なところだ。去年何をやったかももう覚えてないし、圧倒的に参加する意義を感じない。余計なタスクが増えるだけだ。

「あと一分で回収しまーす。まだの人は急いでくださーい」

室長の声が私を急かす。うるさいな、今書こうと思ってたとこなんだよ。

匿名式だから無回答で提出してもいいんだけど、白紙のままというのは何となく負けた気がして嫌だった。極力労力が少なく恥を掻かない出し物を検討した結果、消去法でゲーム屋に行き着き、大急ぎで白紙に記入する。最後の横線を引き終えた直後、室長の鶴の一声で後ろの席から紙が回収され始めた。

回ってきた紙束に自分の紙を重ね、前の席に回す。集めた調査票を室長が黒板に書き出す傍ら、何でこんなどうでもいいところで要らない神経を使わなきゃならんのかと、私は不満を募らせていた。……ねぇ、今出てきた〝プラネタリウム〟、これ絶対東屋でしょ。

結局、希望者の多かった出し物は〝夏祭り〟〝メイドカフェ〟〝恋ダンス〟の三種類で、挙手投票により〝夏祭り〟に決定した。私が希望したゲーム屋にも近いジャンルだし、悪くない結果だ。九月だからどっちかと言えば秋祭りの気もするけど、まぁそこは目を瞑《つぶ》るとする。

「二学期から本格的に準備を始めますので、また皆さん協力をお願いしまーす。それではー」

室長がそう締《し》め括《くく》り、ホームルームは自然解散の運びとなった。

各々が部活や帰宅のため荷物をまとめる中、東屋が喧騒《けんそう》を縫って声を掛けてきた。

「市塚さん、文化祭の出し物、何て書いたの？」

東屋が学校で絡んでくるのは珍しい。私は荷物をまとめる片手間、淡々と答えた。

「順当にゲーム屋。セットさえ作れば後は楽そうだし」

メイドカフェになったら風邪《かぜ》でも引いてやるつもりだったけど。見知らぬ他人を『ご主人様』呼ばわりして傅《かしず》く行為の何が楽しいのかさっぱり分からん。

「東屋は何にしたの？」

「プラネタリウム。他に誰もいなかったからちょっと残念」

やっぱりか。まぁ私的には楽そうだしアリだけど、準備と運営が手軽すぎるのも往々にしてアレだ。こういうイベントは一応ポーズだけでも頑張っているように見せておいた方がいい。

希望を一蹴されたばかりの東屋は、落ち込む素振りすら見せることなく声を弾ませた。

「でも、夏祭りに決まった以上は協力するよ。壁とか天井に簡単な宇宙空間とか作れるかもしれないし。頑張ろうね、市塚さん」

「う、うん……まぁ、ぼちぼちね」

気合い充分なところに悪いけど、私は『頑張っているように見せるつもり』こそあれど『頑張るつもり』は毛頭ないぞ。っていうか東屋、あんたがこういうイベントに協力的なのってちょっと意外だわ。

「東屋はこういう無駄イベントやるよりも、アレ作るのに集中したいって思うんじゃないの？」

私の率直な疑問を、東屋はどこまでも陽気に否定する。

「思わないよ、そんなこと。みんなと一緒に何かするのって、すごく楽しいじゃん」

「……そうかぁー？」

対照的に思いっ切り眉根を寄せる私に、東屋は笑顔で付け加えた。

「それに、あれは夏休み中には完成すると思うから、文化祭には影響ないよ。心配してくれてありがとね、市塚さん」

「別に心配してない」

私は無愛想に切り捨てたが、当の東屋にはもう聞こえていないようだった。鞄を担ぎ、颯爽《さっそう》と教室を後にする。

――えっ、本当にそれだけ？

てっきり何か他の話があるとばかり思っていたから拍子抜けだった。いや、別にいいんだけど、それ今話さなくてもよくない？

東屋が去った後、私は二学期に攻略すべきイベントのことを思い、深く溜息を吐いた。

合唱だのコンテストだの体育祭だの文化祭だの、学校行事ってのは大体嫌いなんだ。普段は通行人Aくらいにしか思っていないクラスメイトに、あれやこれやとこじつけた理由や身勝手な感情をぶちまけて協力を求め、終わった後はまた元通り通行人程度にしか扱わない。私はバックレたりしたら余計面倒になることを知っているので、表向きには協力的に接するけど、この手のイベントは一体感よりむしろ軋轢《あつれき》を生んでいるんじゃないかと思うこともあるくらいだ。個人的にはこれらに費やす時間を休日に当てた方がよっぽど有意義な気が――

そこまで考えたところで、唐突に東屋の笑顔と言葉が脳裏をよぎった。

――みんなと一緒に何かするのって、すごく楽しいじゃん。

別に自分の主張が間違っているとは思わない。私以外にも、似たような思いを持っている人はいるはずだ。東屋だって建前としてはああ言ったものの、腹の底で何を考えているかなんて分かるわけがない。

――だけど。

口を開けば文句と不満ばっかり。『じゃあお前は何がやりたいんだ』と訊かれれば、答える術《すべ》は何もない。確かに成績は優秀な方だと自負している。運動神経もそこそこだし、見た目だって悪くない。アイドルやスポーツ選手は難しいにしても、その気になれば大抵の職業に就くことはできるだろう。ただ、『その気になるべき未来』が、私には一向に思い浮かばないのだ。

何者にもなれる可能性を持っているからと言って、何者かになれるとは限らない。

――私の好きなものって、何なんだろ。

新メンバーを加えたセミの大合唱が、私の思考を掻き消していく。

「ねぇ、市塚さんは大人になるってどういうことだと思う？」

ガラクタ山に登って素材集めに勤《いそ》しんでいた東屋は、唐突にそんな疑問を投げ掛けてきた。

私はスマホを弄る手を止め、穴が空きそうなほどに東屋を見つめる。

「ん、どうかした？」

不思議そうに首を傾げる東屋に、私は我に返って頭を振る。

「いや、ちょっとびっくりしただけ。あんたがそんな等身大の未成年っぽい質問してくるとか」

東屋は完全な『我が道を行く』スタイルで、自分なりの答えを明白に持っているタイプだとばかり思っていた。むしろそういうタイプじゃなきゃやらないだろ、こんなアホな真似《まね》。

ガラクタの王様は作業の手を止め、額の汗を拭って一息つく。

「見てるだけじゃ暇かなって思ってさ」

暇だよ。そして暑いよ。おまけにセミもうるさいよ。

「それか、市塚さんもやってみる？　結構楽しいよ」

「やらないから」
勝手に二択を押し付けるな。ついでに私を見下すな。東屋に質問をそのままお返しする。
私はスマホをスカートのポケットに仕舞い、東屋に質問をそのままお返しする。
「あんたはどう思うの？　大人になるってこと」
人が他人に対して行う哲学チックな質問は、自分の考えを他人に話し、肯定しても
らいたいだけのパターンが大半だ。純粋に答えが知りたいというケースは、私の経験
則上ではむしろ少ない。実際私が先日姉に対して行った質問も、どちらかと言えばそ
ういう意図だったし。
なので私は、東屋の見解を聞くだけ聞いて適当に流してやろうと思ったのだが、質
問を返された東屋は困ったように笑うばかり。
「うーん、そう言われてもね……大人になることって、あんまり想像したことなかっ
たから」
「まぁ、あんたが大人になる姿とか想像できないよね。一生そうやってガラクタ弄り
してそう」
背丈を差っ引いても小学生といい勝負の知性レベルだろう。高校生であることすら
疑わしいのにこれが同じ二年生、それもあと四年そこそこで成人とか信じられん。

ふと、東屋の顔に陰が差したように見えたが、それは私の発言由来ではなかったようだ。

「子供の頃の夢って、何でみんな忘れちゃうんだろうね」

寂しそうに呟く東屋の声は、決して大きくはなかったけれど、私の耳にはっきりと届いた。

ガラクタ山から下りた東屋は、拾い上げたゲーム機の土埃を払い、訥々《とつとつ》と続ける。

「お花屋さんとか、お菓子屋さんとか、お医者さんとか、漫画家とか、ピアニストとか、スポーツ選手とか、歌手とか、宇宙飛行士とか……他にも色々あるけどさ、そういう夢って『叶わない』って言うより『叶えない』人の方が多くない？　少なくとも二十代前半で諦めなきゃならない夢なんて、実際には数えるほどしかないと思う。だけど、大体みんなそれくらいには、心にもない志望動機を語って、やりたくもない仕事に就いていくわけじゃん。大人にしたって、子供の頃の夢は応援してくれるけど、成長するにつれてなぜか認めてくれないようになるしさ」

かつて子供達を熱狂させたゲーム機は、その使命を後継機に託し、お役御免となった自分は処分を待つだけのガラクタと化している。何となく、東屋の言葉とその手のゲーム機が、奇妙にシンクロしているように思えた。

東屋は蒼天《そうてん》を仰ぎ、眩《まぶ》しそうに目を細めた。

「大人になるってこと、僕にはよく分からない」

「……んー……」

何だか厄介な話になってきたぞ、の意で私は唸る。

東屋が今言ったのは、恐らく誰もが大抵一度は抱く疑問だ。自分の親がなぜ社長にならないのかとか、スイミングスクールのコーチがなぜオリンピックに出ないのかとか、そういうのと大筋は変わらない。夢と現実の線引きを上手く把握していないと、時としてこういう齟齬《そご》が生まれることがある。

ただ、改めてそれを説明するとなるとこれがまた難しい。なぜならこの手の問題は説明されて理解しろというより、成長の過程で悟れとしか言いようがないからだ。そして、『夢はいつか必ず叶う』という幻想を抱いているような奴は、最悪一生悟ることがない。

私は顎に指を当て、知性が幼い東屋にも理解できるように、噛み砕いた解説を試みる。

「子供の言う夢ってのは、叶えた後の話なんだよ。叶える過程がすっぽ抜けてるの。だから失敗のしようがないし、楽しそうなら何でもアリなわけ」

子供向けにクローズアップされるのは、基本的にその夢の好ましい側面だけだ。華やかで、勇ましくて、賢くて、尊敬されて……それは無条件の肯定だから、『なぜその夢を叶えると素晴らしいのか』という考えに至れない。

何をやっても褒めてもらえる子供時代は、自分を中心に世界が回っている。だから『圧倒的大多数の人間がその夢を叶えられない』という事実を知識として知っていても、感覚として理解することができないのだ。

「それに子供の頃って、絵本とかテレビとか学校が人生の全てで、他の生き方が想像できないの。だから余計に、夢の中に潜んでいる『嫌なこと』が見えなくなるんだよ。ほら、『サッカー選手になれば毎日好きなサッカーやってお金もらえるなんて最高』ってヤツ、クラスに一人はいたじゃん。要するにみんな楽して楽しく生きたいわけだ」

いつぞやのニュースで、小学生の将来の夢でユーチューバーが上位に食い込んだことに悲観する人も多くいたが、別にそこまで気にすることはないと思う。一昔前のお笑い芸人が取って代わっただけだ。

大抵の子供は大人になる過程で、自分が『夢を叶えられない圧倒的大多数』側の人間であることに気付く。そして同時に、その夢を叶えたところで薔薇色《ばらいろ》の人生など待っていないという事実にも。対価として報酬が支払われる時点で、いいこと尽くめなんて有り得ないのだから。

ここで東屋の提示した疑問に立ち返ってみる。

子供の頃に抱いた夢を、なぜみんな叶えようとしないのか。

答えは極めて単純。叶えようとしない方が、楽に確実に生きられるからだ。

「で、みんな遅かれ早かれ現実を知って、他のもっと楽そうな生き方を目指していくの。ま、実際にはその生き方も茨の道だったりするわけだけど……逆説的に言えば、世の中には叶える価値のない夢の方が多いんだよ。夢だの何だのは結局、自分にとっての拘《こだわ》りでしかなくて、周りの人にとってはその人がお金を稼いで自立することの方が大事だから。大体嫌でしょ、もし自分の子供が身の程知らずにお笑い芸人とかいつまでも目指してたら――」

「人が他人の夢にさほど興味がないってのは、市塚さんの言う通りだと思う。はっきり言って、僕もこれまで誰かの夢を親身になって考えたことって、多分なかったし」

これまで私の話を聞く一方だった東屋は、唐突にそう切り出した。

意図を図りかねて黙する私に、東屋は一言ずつ嚙み締めるように言った。

「それでも、身の程だけ知って満足する人より、身の丈以上のことを知ろうと頑張る人の方が、僕はずっと素敵だと思う」

東屋が弾き出した回答に、私は聞こえよがしの溜息を吐いた。

私の言いたいことを如何《いか》にも分かっているようで、実際には何も分かっていない。

「あんたねぇ……」

東屋は純粋だ。いい意味じゃなくて、幼稚という意味で。人はそれをバカと呼ぶ。

あんたが何と言おうが、私は嫌だぞ。姉が三十超えて売れないユーチューバーやってたら。

「そりゃあ素敵だよ。夢に向かってまっしぐらなんて、誰にでもできることじゃないもん。誰もそれは否定しないさ。だけどね、夢だけじゃ人は生きていけないし、素敵だけじゃ世界は回らないんだよ。応援するとか口で言うのは簡単だけどさ、じゃあ夢が叶うまで具体的に誰がどうやってその人を支えるの？　それで叶ったならまだしも、叶わなかったらそれまでの投資が全部無駄に――」

「夢を叶えられなかったら、その過程が全部無駄になるなんて、誰が決めたの？」

私の言葉を遮り、東屋はいつになく強い口調で問い詰めてきた。

予想外の反論に口を噤んだ私に、東屋は淀みなく畳み掛ける。

「夢を叶えた人に才能があったわけでも、特別だったわけでもない。彼らはきっと、その夢を目指す以外の生き方を想像できなかっただけなんだよ。叶ったか叶わなかったかなんて、実際にはそれほど大した違いでもないと思う」

——こいつは本当に、どうしてここまで……

聞くだけで虫歯ができるような、あまりにも甘すぎる希望的観測。

だけど、なぜかその時の私は、そのキャラメルよりも甘ったるい綺麗事を切り捨てることができなかった。東屋のその言葉が、まるで自分が『夢を目指す以外の生き方を知らない側』であると、暗に示しているように聞こえたからかもしれない。

私は興味半分、持論を否定された八つ当たり半分で、東屋に尋ねた。

「じゃあ、あんたは今、どんな生き方を想像してるの？」

「あはは、それは意地悪な質問ってヤツなんじゃない？」

しかし予想に反し、東屋は答えを曖昧に濁すだけだったので、私は少々肩透かしを食らってしまった。

別に他意とかなかったんだけど。生き方どころか今あんたが何考えてるかもよく分からんし。

「じゃあ、もっと意地悪なこと言ってあげようか」

ここまで来ると、どうにかして東屋を凹《へこ》ませてみたいとすら思えてきた。遠回しな言い回しでは、このバカには傷一つ付けられないと判断した私は、突き放すように冷たく一言。
「いい加減に現実を見て、こんな無駄な努力はやめたら？」
私は東屋が不貞腐れるか、先程のように強気の反駁《はんばく》をしてくることを期待していた。
『人は本当のことを言われると怒る』のが真実なら、それは東屋が無駄な努力である
ことを自覚している証左になるから。
しかし、東屋は私が期待した反応のいずれでもなく、どころか穏やかな微笑《ほほえ》みすら
湛《たた》えて応じる。
「市塚さんの言う〝現実〟ってのは、〝ダメな側面〟の言い換えでしょ？」
途端、私は返答に窮し、多少の狼狽《ろうばい》を余儀なくされた。
無言を肯定と判断した東屋は、後ろ手組んでガラクタ山を眺める。
「いいもダメも全部ひっくるめて〝現実〟だよ。ただ、どちらの現実を重視するかが
違うだけ。どうせ離れられない現実なら、前向きに考えてお付き合いした方が得じゃ
ない？」
東屋にとって現実とは、忌避して拒否してやり過ごすものではなく、むしろ旧来の
友人のように手を取り、共に歩むものだった。どこまでも世界の悪意と無縁に生きて
いる東屋の子供っぽさが、私は羨ましいとすら思った。

バカで幼稚だとばかり思っていたが、その認識を少しだけ改める必要があるようだ。

「……全く、あんたは立派な子供だよ」

白旗代わりの苦笑を湛え、私は肩を竦めた。

——東屋みたいなバカも、一人いるくらいならちょうどいいのかもしれない。


家に帰った私は、自室の押入れを漁り、幼稚園の時のアルバムを引っ張り出した。

東屋との会話で触発されたのか、かつての自分がどんな夢を持った子供だったのか、何となく思い出してみたくなったからだ。

被った埃を軽く叩いて落とし、色褪《あ》せたページを捲《めく》ってみる。

目的のページはすぐに見つかった。どこか見覚えのある幼いタッチのイラストの横に、拙い文字が綴《つづ》られている。

私に限ってそんな大それたことは書いたりしないだろう……という私の希望的観測を、過去の私はものの見事に打ち砕いた。

『わたしのしょうらいのゆめは、おいしいケーキになることです。いちごののったショートケーキがいいです。だいすきなおともだちとおとうさんとおかあさんとおねえちゃんにたべてもらっておいし』

「ほおぉぉ」

そこまで読んだところで私は空気が抜けるような声を発し、アルバムをバシンと閉じた。

閉じた後も、しばらく指先が小刻みに震えていた。思った以上にダメージがデカい。卒園生全員の家を回ってアルバムを燃やしたいレベルだ。

読み返したアルバムが引き金となり、芋づる式に幼少期の記憶が蘇《よみがえ》る。

壁にもたれかかり、私は片手で頭を抱えた。

子供の頃、私はお菓子になりたかった。

一応誤解なきよう補足すると、パティシエじゃなくてスイーツそのものの方。理由はよく分からないけど、なぜか私は昔から『人間ではない何か』になりたがっていた。花屋ではなく花。パイロットではなく飛行機。デザイナーではなく服。いつぞやの『蚊取り線香になりたい』などという交換日記を発見した時には我ながら目を疑った。ぶっちゃけこの件に限ってはバカと言われても仕方ないと思う。

私は再度の勇気を振り絞り、決して自分のページを見ないようにして、他の子供達の『将来の夢』を読みふけった。花屋、ケーキ屋、漫画家、科学者、野球選手、大工、医者、教師、ゲームクリエイター、アイドル、運転手、飼育員、警察官、消防士、社長、総理大臣、大金持ち等々、まぁ子供が抱くであろう夢は大体網羅されている。それにしても、何で女の子って花屋とかケーキ屋に憧れるんだろう。……ケーキになりたがってた私が言うのもアレだけど。

ただ一つ言えるのは、ここに書いた夢を実際に叶える者は、限りなく少ないだろうということだけだ。

私はアルバムを閉じ、短い息を吐き出す。

子供が夢を見るのは、それが素晴らしいことであると無条件に信じているからだ。

そして、大人になるということは、その〝夢〟の負の側面を見るようになるということだ。叶える過程は言うまでもなく、叶えた後もひっくるめて。

夢は消耗品だ。最初は楽しいオモチャでも、やがて時間と共に飽きて要らなくなる。無邪気に抱いた空想《ユメ》。無責任に見せた幻想《ユメ》。要らなくなったそれらが無秩序に棄《す》てられた夢《ガラクタ》の上に、夢を叶えた彼らは立っている。

そういう意味では、彼らもまたガラクタの王様に過ぎないのかもしれない。今になって考えてみると、子供の頃の私が職業に魅《ひ》かれなかったのは多分そのせいだ。抱いた夢を全員が叶えられるわけではない。少ない席を奪い合えば、誰かが必ず下敷きになってしまう。子供心にそのことを知っていたから、私は敢えて誰もなりたがらないモノになりたかったんじゃないか、と。……純粋にバカだったという可能性を認めるのは少し癪だ。

とにかく、自分が踏み台になるのも、他人を踏み台にするのも、私は今も気が乗らない。そこまでして叶える価値がある夢は、少なくとも私にはない。華やかなステージで踊るアイドルだって、当然いつも笑っているわけではないのだ。自分を追い込み他人を蹴落とし、裏で心身共に摩耗している事実を想像するだけで、私の胃はもたれそうになる。

だけど……考えたことはなかった。或《あ》いは、これまで意図的に考えることを避けてきた。

東屋の台詞が、脳裏に浮かぶ。

——死んででも見たい何かがあったんじゃないかって、そう思うんだ。

——彼らはきっと、その夢を目指す以外の生き方を想像できなかっただけなんだよ。

彼らはそうまでして、一体何が見たかったんだろう。

そして今、彼らが辿り着いた境地からは、一体どんな光景が見えているんだろう。

——こんなことをしている僕を見て、どう思った？

積み上げられたガラクタ、その高さ僅か4、5メートル。

それでも、その時の東屋は間違いなく、私より宇宙に近い所に立っていた。

今日は一学期最後の日、即《すなわ》ち終業式だ。

会場の体育館にクーラーはない。そこに約六百人もの全校生徒が集うのだから、会場はもはや地獄と言うより他ない。セイロの中の肉まんか茶碗蒸《ちゃわんむ》しにでもなった気分だ。

校長先生の話って、何で大体長いんだろう。どうせ誰も聴いてないんだからさっさと切り上げてくれればいいのに。

「えー皆さんですね、楽しい夏休みに心躍らせていることだと思いますけれどもね、くれぐれもですね、高校生らしくですね、節度ある生活をですね、心掛けるようにですね……」

その台詞、東屋に名指しで言ってください。ついでに先生……じゃなくて笠本にも。まぁ、大人の言う『学生らしい』というのは、概ね『我々に余計な面倒を掛けるなよ、小童共《こわっぱ》』の意だ。雑木林でガラクタ遊びをする分には誰も問題にしないだろう。

かったるい終業式が終われば、あっという間にお開きの時間だ。教室へ戻る道すがら、遠慮なく両腕を伸ばして凝った体を解《ほぐ》す私に、ココアが背後から声を掛けてきた。

「美鈴、国道沿いに新しいケーキ屋ができたらしいんだけど、美鈴も行く？」

「そうだね、せっかくだし私も行こうかな」

スマホで何でも調べられる時代だけど、こういう見逃しがちな情報が入ってくるのは有り難い。いい店だったら私の贔屓《ひいき》にしてやろう。

ケーキ屋調査隊は最終的にココアと私を含めて五人が集まった。他愛《たわい》のない会話をしながら目的の店へ向かう最中、私は真昼だというのにやけに暑さを感じないことに気付いた。

神様が私の夏嫌いにようやく対応してくれたか、などと呑気なことを考えながら空を仰いでみたら、いつの間にか空一面に暗灰色の雲が立ち込めていた。そして嫌な予感を抱く余地もなく、ポタッ、と私の頬に水が滴る。

「あっ、雨降ってきた」

頬に付いた冷たい雨粒を拭うも、雲から吐き出される雨は留まるところを知らない。とは言え、ケーキ屋まではもう100メートルとない。比較的小雨であったこともあり、私達は示し合わせることもなく一斉に駆け出した。

大して濡《ぬ》れることもなく軒下に滑り込めたが、ココアは恨みがましく曇天を見上げて言った。

「もー最悪、予報じゃ晴れだったのになぁー」

「まぁ、ちょうど着くタイミングでよかったよ。入ろ入ろ」

ハンカチで髪や服の雨を軽く拭い、私達は店内に踏み入った。

「いらっしゃいませー！」

鈴の音と若い女性店員の声に迎えられ、私達は窓際の六人掛けテーブルに案内された。平日の昼ということもあり、店内は閑散としていた。シックな色合いで落ち着きがあり、ケーキの品揃《しなぞろ》えもなかなか豊富だ。隠れ家的な雰囲気で結構いいと思う。

チーズケーキとカフェオレを注文し、窓際に座った私は、友人との談笑もそこそこにぼんやりと窓の外を眺めていた。

突然の雨に大人達はバッグやハンカチで頭を覆い、右へ左へ走っていく。急ぐ理由は分からないけど、呑気に雨宿りをしている余裕が誰にもないことだけはひしひしと伝わってくる。

小雨如きに翻弄されるその姿に、未来の自分自身を幻視した私は、タイミングを計って隣に座るココアに質問した。

「ねぇ、ココアって将来の夢とかやりたいことって、何かある？」

「えっ、いきなりどうしたの、美鈴？」

私が将来について訊くの、そんなに意外か。そこまで驚かれるとちょっと凹むぞ。

……と思ったけど、これまでほぼ会話に不参加だったからある意味当然の反応か。

私はチーズケーキにフォークを入れながら、努めて何でもない口調で補足する。

「ううん、別に大したことじゃないんだけど、何となく気になっただけ。答えたくないならそれでもいいんだけど」

ココアのベリータルトも少し分けてもらったけど、ここのケーキはなかなかイケる。

これでも私は味にうるさい方だ。まぁ、だからと言ってケーキになりたいとは思わんけど。

ココアはこめかみを指で弄びながら、気恥ずかしげな微笑を湛える。

「うーん、そうだねー、ないってわけじゃないんだけど……誰かに話すってのはちょっとハズいかも」

「へー、どんなことなの？」

安心して、ケーキになりたいとか言い出さない限り笑わないから。多分。恐らく。メイビー。

いつになく真剣に答えを待つ私に、ココアは控えめな声で言った。

「子供を助ける仕事がしたいんだよ」

普段のココアからは想像できないその答えに、私は僅かばかり目を丸くした。

ココアは頬杖《ほおづえ》をつき、マグカップの中のココアを覗《のぞ》く。甘い食べ物に甘い飲み物で口の中がベッタベタになりそうだけど、彼女の語りに甘さは微塵《みじん》も感じられない。

「家が貧乏だったり養護施設に入ってる子ってさ、大学に進学できない子が多いんだよ。それで結局大人になってもいい職業に就けなくって、半永久的に貧困が再生産される……っていうドキュメンタリーを前に見てさ。そういう状況を何とか改善していければいいなって思うんだ。……まぁ、具体的にどういう仕事に就けばいいかってのは、まだよく分かんないんだけどさ」

「へ、へー……結構考えてるんだね、ココア」

てっきりココアは『今が楽しければそれでいーじゃん』的な能天気タイプだと思っていたから、ここまでしっかり将来のビジョンを固めているのは正直意外だった。しかもテーマも結構堅めなものだし。

「失礼なー。そりゃー私だって考える時は考えるよ、バカだけどバカなりにね」

自虐するココアは明るく笑っていたものの、私の心には対照的に暗雲が立ち込めていた。

身の丈に合わない夢を見るのは、みっともないことだと思っていた。はっきり言って、移り気で成績の悪いココアが今語った夢を果たす未来は想像できない。以前までの私なら、今ココアが言った通り、バカが何を真面目ぶっているんだと内心鼻で笑っていたことだろう。

だけど、今の私にはそれができなかった。たとえ成績が悪くとも、身の丈以上のことに挑まんとするココアの姿勢が、私には眩しくて仕方なかった。

私の様子に気付いてか気付かずか、ココアは逆に問うてくる。

「美鈴はどうなの？　将来やりたいこととかって」

「……私は……」

予想はしていた。この手の質問はそのまま返しが基本だ。だから一応、聞く前に適当にでっち上げた答えを用意してはいた。

けれど、いざ答える段になり、私の口は動いてくれなかった。心にもない答えでその場を凌《しの》ぐのは、恥を忍んで答えてくれたココアに対する不義理だと思ったのかもしれない。

「何がしたいんだろうね。自分でもよく分かんないや」

私の声は自嘲気味だったけど、顔で笑っていないことは鏡を見るまでもなかった。私以外が全員バカなんて、何を偉そうに言えたんだろう。私はまだ何者にもなれていないどころか、何者になりたいかさえ決められないというのに。

——人生がつまんないっていうか、私が人生をつまんなくしてるんじゃないの？

ココアは切り分けたタルトを豪快に呑み込み、あっけらかんとした口調で一言。

「そっか、まぁ気にしなくていいでしょ。まだ高校生だし、美鈴は頭いいから何とでもなるよ」

「……そう、かな」

慰めるようなココアの台詞は、むしろ私の不安を煽っただけのように思えた。

まだ中学生。まだ高校生。まだ大学生。そうやって人は今ある問題を未来の自分に丸投げし、その度に過去の自分の無責任さを後悔するのだろう。そして多くの人は後悔しても尚、その行動を改めない。生き方というものは基本的に癖になるから。

ロケット作りに励む東屋の気持ちが、少しだけ分かったような気がした。あいつはいつかの自分がどうにかすることを期待しているわけじゃなくて、今の自分ができることに必死に取り組んでいるんだ。……その時間で宇宙飛行士の勉強しろよって気はするけど。

ふと、窓の外に目を遣ってみる。

雨脚は若干ながら強まっており、店の前のアスファルトには水溜《みずた》まりができていた。

「……雨、やまないね」

私の呟きにココア達も釣られて窓の外を見て、一様に渋面を作った。

「このまま降り続けたら嫌だねー。コンビニも微妙に遠いしさ、ここ」

「折り畳み傘、学校のロッカーなんだよなー」

「ウチに誰かいるかもしれないし、電話して迎えに来てもらおうか？」

彼女達が口々に雨への不満を漏らす中、私は憑《つ》かれたようにじっと一点を見つめていた。

何かを見ていたわけではない。唐突な胸騒ぎの原因を、私は無言で考えていた。

——まさかとは思うけど、あいつ。

その結論に至るや、私は弾かれたように立ち、テーブルに千円札を叩き付けた。

「ごめん、洗濯物干しっぱなしにしてるの思い出したから、先帰るね！　これお代！」

言うが早いか、私は脇目も振らず出口に向かった。

店員や他の客が驚いたように私を顧みるが、構わずドアを押し開け、雨の中に躍り出る。

「あっ、美鈴⁉」

——ごめん、この埋め合わせはいつかするから！

ココアの呼び止めに、私は脇目も振らず思念だけで応じ、ゆえに気付かなかった。

取り残されたココアは、テーブルに置かれた千円札を見下ろし、呆然《ぼうぜん》と呟く。

「……お金、足りてないんだけど……」


真っ先に目に付いたコンビニに飛び込んだ私は、暇を持て余していた若い男性店員に猛然と尋ねた。

「すいません、ここタオル売ってますか？」

「えっ、あ、はい、ハンドタオルならトラベル用品の所に……」

店員が指差した棚にあったピンクのハンドタオルを引っ掴み、ついでに傘も一本引っこ抜くと、私はレジに千円札を叩き付けて一言。

「お釣りいらないんで！」

唖然とする店員が二の句を告げるより早く、私は嵐のように走り去った。

「あっ、お客様！」

店員の呼び止める声も、もう聞こえない。

◇　◇　◇　◇　◇

レジを外して追い掛けようとした店員を、壮年の店員が呼び止めた。

「いいんだ、行かせてやれ」

「えっ、いいんですか、店長？」

店長は顎髭《あごひげ》を撫《な》で、しみじみと呟く。

「構わん。俺にもああいう時代があった。ああいう若いのは、立ち止まらせたらいかんのだよ」

「店長……」

店員は釣り銭トレーの千円札をじっと見つめ、絞り出すような声で言った。

「お支払い、足りてなかったんですけど」

「えっ、マジで？」

素っ頓狂な声を上げた店長に、店員は傘とハンドタオルを棚から取ってレジに通し、仮清算して尋ねる。

「一八八円の不足分、店長の自腹でいいんですよね？」

レジのデジタル表示を凝視した店長は、自動ドアを険しい目付きで睨《にら》み、しみじみと呟いた。

「……時として若者を立ち止まらせるのも、また大人の務めなのだよ」

◇　◇　◇　◇　◇

傘を差す暇をも惜しみ、私は雨の中を一心不乱に駆け抜けていた。

どうしてこんなに胸騒ぎがするのか、自分でもよく分からなかった。まず普通に考えて雨の中でロケット作りをするわけがない。そして東屋がその結果として風邪を引こうが、私にとっては何の関係もないことだ。散々忠告しておいてバカな行為をやめようとしなかったツケが回ってきただけなのだから。

雑木林の中を走ると、泥が靴下に染みて気持ち悪かった。それに、ずっと走り通しで息が苦しい。それでも私は何かに突き動かされるかの如く、足を止めることなく目的地に向かう。

やがて雑木林を抜けた私は――肩で息をしながら、呆《ほう》けたような声を上げた。

「……何で」

そこに辿り着く直前、私が何を期待していたのか、自分でも覚えていない。

ただ一つだけ言えることは、そこには雨に打たれながらロケットの前で屈《かが》み込《こ》む、東屋智弘の姿があったということだけだ。

「あっ、市塚さん」

足音に気付き、東屋はいつもの屈託のない笑顔で挨拶してくる。雨と泥にまみれても、その表情はどこまでもいつも通りだ。

そして私には、その東屋のいつも通りが、この上なく腹立たしくて仕方なかった。

「……あんた、何やってんの？」

震え声の私の質問を言葉通りに受け取った東屋は、律儀に説明を始めた。

「いや、昨日接着したばっかりだから、剝がれたりしてないか確認しておきたいなって。水溜まりになってたから移動して、ついでに撥《はっ》水《すい》スプレーも掛けて何事もなければブルーシートをもう一枚くるんで帰るつも」

「東屋ァ！」

そこまで聞いたところで私は東屋の胸ぐらを摑んで立ち上がらせ、

「ぶほぁっ」

そのまま会心の右ストレートを、東屋の左頰に叩き込んでやった。

宙を舞い、ぬかるんだ地面に背中から叩き付けられた東屋に、私は容赦なく怒声を浴びせる。

「あんた、頭おかしいんじゃないの⁉　張っ倒すよ⁉」

「もう張っ倒されてるよ……」

「今そういうギャグとかいいから！」

「ギャグじゃないよ……本当だよ……」

仰向けに倒れて呻く東屋は、普段の飄々《ひょうひょう》とした態度が嘘のように弱々しく、私はこの小柄な少年が自分と同じ高校生であるということを、今更のように実感した。

私はようやく買ったビニール傘を差し、東屋の元まで歩み寄った。このまま雨に打たれ続けたら、東屋が溶けて消えてしまうような気がした。

「ねぇ、あんたマジでおかしいよ。何でそうまでしてそれに拘るの？　その約束ってそんなに大切なもの？」

「………………」

私の切実な問いにも、東屋は何も答えない。

こっちはわざわざ靴下とローファーとダブル英世《ひでよ》を犠牲に来てやったっていうのに、

いい度胸だ。そっちがその気ならこっちにも考えがある。

「いいよ。答えないって言うなら、先生とあんたの親に全部話す。ついでに役所に通報してゴミもロケットも撤去してもらうから」

言うが早いか立ち去ろうとした私を、東屋は体を起こして必死に呼び止める。

「やめて、それだけは本当に……」

「なら話してよ！」

焦れったくなった私は、振り返りざまに大声を上げた。

驚く東屋に、私は続けて強い口調で言い放つ。

「約束のことも、理由も全部！　話さなければ……話しても私が納得できなかったら、これまでのあんたの努力を全部台無しにしてやるから！」

我ながらズルいと思った。あれだけ興味がない、誰にも話さないと言っておきながら、思い通りにならないとなると途端に選びようのない二択を強要する。これじゃあ、私が散々嫌っていた〝大声を出した方が勝つゲーム〟と同じじゃん。

他にやり方が思い付かなかったなんてのは、気休めの言い訳にもならない。それはつまり、私は自分で思うほど頭がよくなかったってだけの話だから。

半身だけ起こしたままの東屋は、しばらく私の剣幕に目を瞬《しばたた》くばかりだったが、やがて参ったような苦笑を湛えて呟いた。

「……あはは、市塚さんって、意外と意地悪だね」

「別に意外でも意地悪でもない。あんたがバカすぎるだけ」

私は素っ気なく切り捨て、地面に座り込んだままの東屋に手を差し伸べた。掴んだ東屋を力任せに立たせると、私はコンビニで買ったハンドタオルを袋ごと東屋に投げてよこす。

「風邪、引くから」

「……ありがとう」

私達は雨除《あまよ》けのため大きな木の下に移動し、一つ傘の下で雨を凌いだ。

隣で顔と髪を拭く東屋は妙に色っぽかった。別に女子力とかどうでもいいんだけど、私より可愛く見えてしまったのは何となくムカついた。文化祭のメイドカフェで女装させたら人気出そうだな、とか考えていると、私の目の前に一枚のハンドタオルが差し出される。

「はい、市塚さんも」

当然のようにタオルを渡そうとする東屋に、私は意表を突かれて体を仰《の》け反《ぞ》らせた。

「えっ、いや私はいいって」

「二枚入ってたから。市塚さんも濡れてるでしょ」

「……ああ、うん、そっか。それなら」

拒絶した理由は自分でも考えたくなかった。今すぐ溶けてなくなりたい、と忸怩《じくじ》たる思いを抱えつつ、私はそれを忘れようとワシワシと荒っぽく髪を拭く。

幸いにも、東屋がその件について追及してくることはなかった。とはいえ他に会話があるわけでもなく、ガラクタや枝葉を叩く雨粒の音だけが軽やかに響く。

そっと東屋の横顔を窺ってみると、やはり〝約束〟について話すのは気乗りしないようだ。つい感情が昂《たかぶ》って捲し立ててしまったが、何も脅迫まがいのことをしてまで問い詰める必要はなかったかもしれない。

謝るのは癪だが、張っ倒した私に非がなかったと言い切れないこともないこともないかもしれない。私は大人の対応をするべく深呼吸し、意を決して口を開いた。

「あの」

「約束の相手は、宇宙人なんだ」

しかし、私と同時に東屋が切り出したことで、私の決意は無駄に終わってしまった。

不意打ちを食らったこともあり、私は思わず自分の耳を疑った。しかし他の類語も思い当たらず、私は躊躇いがちの鸚鵡返《おうむがえ》しで訊く。

「……宇宙人？」

「うん。子供の頃、夜の散歩をしている時に出会ったんだ」

東屋はあっさりと肯定し、枝葉の隙間から窺える雨雲を見上げて続けた。

「それで言われたんだ。『君に伝えたいことがある。いつか宇宙まで会いに来てほしい』って。すぐにどこかに消えちゃって、結局その宇宙人とのやり取りはそれっきりだったんだけど、僕にとってすごく大事な思い出なんだ」

東屋の目は、まるで少女漫画の登場人物のように輝いていて、嘘や出任せを言っているようにはとても見えない。もっとも、東屋は嘘なんてつけないタチだと思うけど。

そんな東屋と対照的に、私の心には薔薇色のロマンどころか灰色の疑念ばかりが渦巻いていた。思い出に胸躍らせる東屋に、私は手始めに質問を一つ。

「……ちょっと待って、何でそんな約束をしたの？」

「分からない。だけど、きっとあの宇宙人にとっては何か特別な理由があって……」

「宇宙人がたまたま出くわしたあんたと、日本語で約束したの？」

「…………」

東屋、沈黙。

英語でも相当怪しいと思うぞ。子供時代ならいざ知らず、今日まで何も不思議に思わなかったのか、あんた。

所在無げに両手を弄びながら、東屋は精彩を欠いた言葉で説明を試みる。

「宇宙人の科学は地球より発達してるんだよ。ほら、地球にも犬と会話できるバウリンガルとかあるし……それか、意識だけを直接伝えるテレパシー的なアレかも……」

その推論に至るの遅いよ。てっきりノータイムで来ると思ってたから逆にペース崩されたわ。

東屋の根拠の是非を語る代わりに、私は次なる質問を浴びせる。

「……そもそも、何でそいつが宇宙人だと思ったの？」

「う、宇宙服を着てたんだよ。ほら、テレビでもよく見る、宇宙飛行士が着る白くてゴツい服と頭が丸っこいアレ。それに自分でも『私は宇宙人だ』って……」

「『私は宇宙人だ』って自己紹介する奴が、地球製の宇宙服を着てたの？」

「…………」

私の隣に立つ東屋は、見る見る内に小さくなっていくように思えた。まるで本当に雨に濡れて溶け出してしまったかのようだ。東屋が必死で頭を回転させている音さえ聞こえるようで、滑稽を通り越して哀れにすらなってくる。

やがて東屋が導き出し、蚊の鳴くような声で告げた回答は。

「……地球製の宇宙服は高品質なんだよ」

私の予想の遥《はる》か下を行く、間抜けなものだった。

NASAは宇宙人との貿易で莫大な利権を貪ってましたってか。お支払いはVISAで一括払いってか。HAHAHAそいつは傑作だぜトミー。

「あんたさっき『宇宙人の科学は地球より発達してる』って言ったばっかでしょうが」

「………………」

自分でもその矛盾に気付いていたのだろう。項垂れる東屋に、私は溜息を一つ。

まず宇宙人が『私は宇宙人だ』なんて言うわけないだろ。地球人が異星人と交流するケースを考えても、まずは出身星と固有名詞と目的を説明するだろ。言うに事欠いて『私は宇宙人だ』とかどんな自己紹介だよ。それがアリならこっちも宇宙人だわ。

「うん、いやまぁ、分かってたよ。分かってたけど、その上で改めて言うわ」

私は敢えて思いっきり勿体《もったい》を付け、聞き間違えようがないくらいにはっきりと断言した。

「バカだよね、あんた」

シトシトという雨音に交じり、ピチチと小鳥が囀る。

すっかり不貞腐れてしまった東屋は、傘から出ない範囲でそっぽを向き、ブッブッと愚痴を並べ始めた。

「……うるさいなぁ、放っといてよ。だから言いたくなかったんだ……」

どうやら宇宙人の件は別枠だったらしい。これまで散々バカ扱いされてもどこ吹く風だった東屋が、初めて見せた拗ねる姿が可笑《おか》しくて、私はつい吹き出してしまった。

「……ぷっ、あはははははっ！」

言いふらすのもアホらしいっていうか、こんなん吹聴したら私の方が頭おかしい奴扱いされるわ。

「ごめんごめん、そんな大事な思い出なんて思ってもみなかったからさ。そうだね、宇宙人さんとの約束はちゃんと守らないとね、偉い偉い東屋くん。安心なさい、お姉さんはとっても優しくて口が堅いから絶対誰にも言わないわよ」

すっかり気をよくした私は、頭を優しく撫でながら満面の笑みで東屋をあやした。

東屋としては子供扱いされたのが堪《たま》らなかったらしく、必死に抗議を試みる。

「ほっ、本当に宇宙人だったんだって！　絶対に人間なんかじゃなかったもん！　何メートルもある白くて長い尻尾《しっぽ》が地面を引きずってて、それでパッと消えるみたいにあっという間にいなくなっちゃって……」

「はいはい、宇宙には都合のいいロマンが溢《あふ》れてていいですねー」

しかし、もう私は東屋の持論に耳を貸す気もなかった。むしろこんな穴だらけの理屈に納得して耳を貸す奴がいてたまるか。

宇宙飛行士について検索した時に流し見た情報によると、地球製の宇宙服は100キロを超える生命維持装置が搭載されているから、地上では歩くことすらままならないらしい。夢じゃないとしたら、頭のおかしいコスプレ野郎か何かだろう。何事もなかったからよかったものの、子供狙いの誘拐犯だったら笑い話にもならない。私の前に現れたらその自慢の尻尾でグルグル巻きにしてくれるわ。

まぁ、夢だろうと何だろうと、目的に向かって一途に努力する東屋の姿勢は嫌いじゃない。ひとしきり笑って気が済んだ私は、一転して真剣な表情で東屋に尋ねた。

「けど、まだ分かんないこともあるよ。何でそんなに急いで約束を守る必要があるの?」

「……今年がチャンスかもしれないんだ」

東屋はまだ私の爆笑を根に持っているようだったが、質問には素直に答えてくれた。木の幹に背を預け、東屋は当時のことを思い返すかのように瞼《まぶた》を閉じる。

「今年は流星群がよく観測できる年らしいんだけど、僕が宇宙人と会った時も、一年を通して流星群が活発だったんだ。おばあちゃんちに行ってた日の夜も流星群がたくさん見えてて、僕はそれが見たくて夜の散歩に出掛けたんだ。勘だけど、多分無関係じゃないと思う。流星群は宇宙人が地球に近付くサインなんじゃないかな……って、そんな気がするんだ」

本当に東屋はロマンが服着て歩いてるみたいな奴だな、と私は感服した。それ、具体的に勘とどう違うんだ。悪いけど賭けすら成立しないレベルで無駄死に確定だぞ、あんた。

だけど……それも仕方のないことかもしれない。東屋の持つ情報は子供の頃の短いやり取りだけだし、宇宙人の実態なんて誰に訊いても答えてもらえるわけがない。知っていようが知っていまいが、人類の知識として共有されていない時点で、私達のような高校生如きが知り得る情報ではないのだ。だったら頼りない憶測であろうとも、繋《つな》ぎ合《あ》わせて辿り着くより他ない。

人間には二種類いる。僅かな可能性しかないから諦める奴と、僅かでも可能性があるからしがみ付く奴。東屋が後者側なのは、もはや考えるまでもないことだ。

「次がいつになるか分からない。もしかしたらもう二度と来ないかもしれないし、その時に僕が宇宙に行けるとも限らない。だから今のうちに、できることをやっておきたいんだ」

東屋の顔にはいつもの明るさが戻りつつあったが、対照的に私はその宇宙人に対して逆恨みのような思いすら募らせていた。

伝えたいことがあるならそっちから来ればいいものを、内容も伝えず『お前が宇宙まで来い』とは随分と意地の悪いことだ。しかも子供に対して。宇宙人の礼節はよく分からん。

「藪《やぶ》をついて蛇が出ないといいけどね……」

宇宙の神秘にワクワクする心理は分からないでもないけど、どうにも私は東屋のように楽観的にはなれない。人間がそうであるように、宇宙人にも様々な個体がいて然《しか》るべきだろう。

「地球を発見して実際に何度も来られる技術力がある時点で、地球を焦土にするなんて容易《たやす》いんじゃないの？　次に来るのが、約束した宇宙人と同じ個体とも限らないし」

「うん、宇宙人と地球人は、地球で喩《たと》えると人間と虫くらい知性に差があると思うそんなに？　文明レベルが想像できないけど、もはや一周回ってディストピアじゃない？」

「だけど、人間が虫を絶滅させようなんて思わないでしょ？　せいぜい家の中に入ってきたり、刺してきたのを退治するくらいでさ。こちらから手を出さなければ、わざわざ戦おうなんて考えもしないと思う」

絶滅させたいと思うけどな、私は。まぁ未開のジャングルに踏み入ってまでやりたいとは言えないかもしれんが。

それよりも気になったのは、東屋が何気なく付けた前置きだ。

「……こちらから手を出さなければ？」

国境や宗教や言語とは訳が違うぞ。それがどれだけ難しいかなんて、歴史科目が未履修でも分かることだろうに。

「ダメじゃん。あんた以外が宇宙人と接触した時点で人類アウトじゃん」

「あはは、その通りだ。宇宙人は地球に来るタイミングを完全に逸したね」

カラカラと笑う東屋の言葉は、まるで自分が宇宙人に会えさえすれば、その後で人類がどうなろうと構わないとでも言いたげに聞こえた。たまに退廃的というか、ダーク東屋になるんだよな。

気付けば雨は上がっていた。私は傘を閉じ、ブルーシートに包まれたロケットを見遣る。

「ロケット、あとどれくらいで完成しそうなの？」

東屋はブルーシートを広げ、鈍色《にびいろ》に光るロケットを見つめた。

東屋の早めの対応が功を奏したのか、最大の懸念材料であった接着部分については、ひとまず事なきを得てくれたようだ。

「あと二週間で形にはしたい……かな。その後は内部の仕上げに移って、夏休みが終わるまでには完成させたいと思う」

「そっか」

私の口を衝《つ》いて出たのは、奇《く》しくも最初に東屋を見掛けた時と同じ言葉だった。

私は赤みの残る東屋の左頰に右手を添え、謝る代わりに短く一言。

「会えるといいね、宇宙人に」

不思議な気分だった。この瞬間だけは、ルールも常識も合理性も関係なく、私は純粋に東屋が宇宙人と再会できることを願っていた。

触れた指先を通し、東屋の体温が伝わってくる。

突如として気恥ずかしくなった私は、さっさと踵を返して立ち去ろうとしたが、そんな私の背中に向かって東屋が問い掛けてくる。

「市塚さんは、宇宙人っていると思う?」

すぐに振り返るのが躊躇われた私は、気持ちを落ち着ける意味も込め、肩を竦めて答えた。

「さあね。大して興味ないし、どっちにしろ地球にそれほど影響もないと思うな。知性の差で会話自体が成立しない可能性が高いし、超文明も地球で都合よく機能するとは思えないし」

物理法則が違えば技術も変わる。技術が変われば価値観も変わる。たとえドライと言われようとも、住み分けた方が結果的にお互いの利益になるんじゃないかってのが私の持論だ。まぁ少なくとも、東屋が会った宇宙人ってのは眉唾だと思うけど。

ゆえに私は背を向けたまま東屋を顧み、どこまでも論理的に結論付けた。

「ただ現時点で言えるのは、あんたや私も宇宙人の一人ってことだけ。そうでしょ?」

私の言葉に東屋は目を見開き、花が開くように穏やかに微笑んだ。

「ありがとう。やっぱり優しいんだね、市塚さん」

やっぱりとは失礼な、当たり前だろ。私ほど優しい人間なんて、それこそ宇宙中を探したって数えるほどしか存在しまい。

私は体ごと反転して東屋と相対し、会心のしたり顔で言ってやった。

「あんたほどでもないよ、東屋」

雨上がりの空に、うっすらと虹が掛かる。

相変わらずの最悪な夏だけど、今年の夏はほんの少しだけ、悪くないように思えた。

konosora no uede
itsumademo kimi wo matteiru

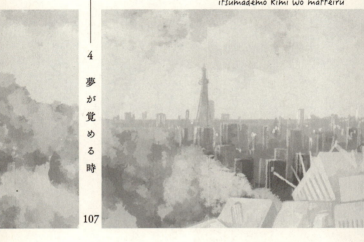

4 夢が覚める時

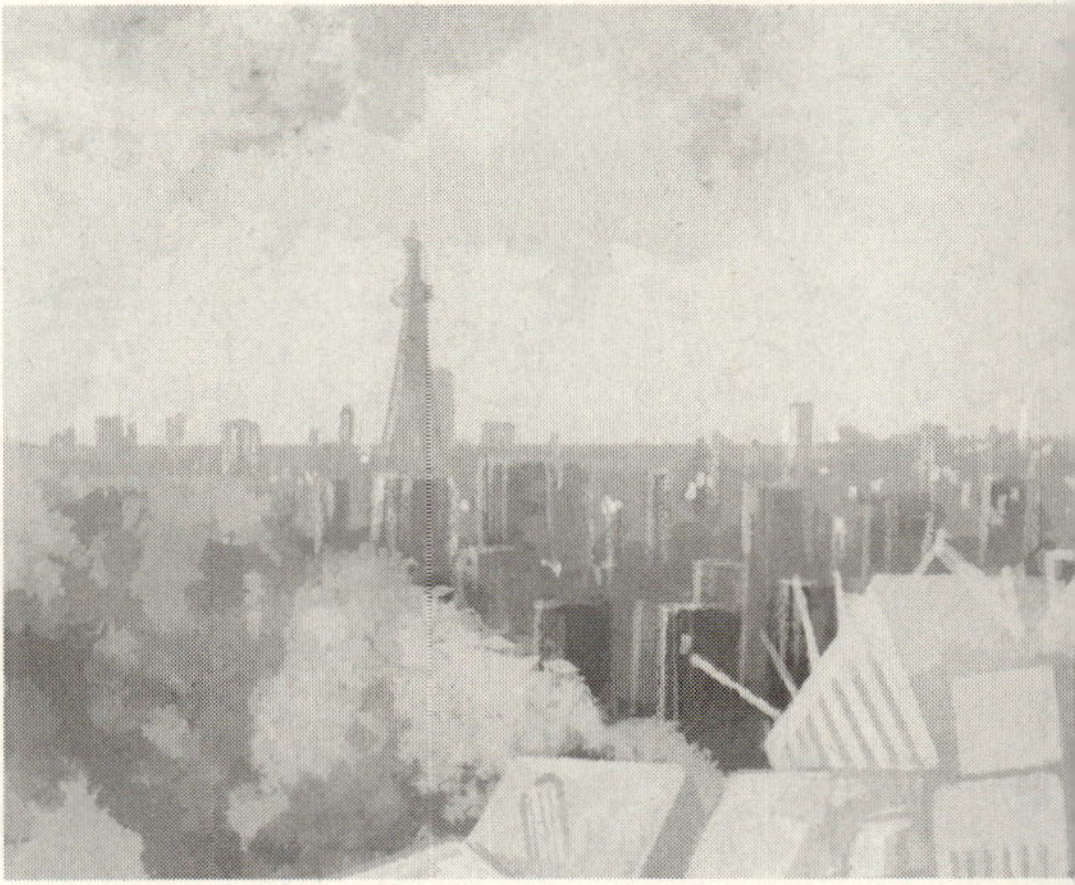

「へー、宇宙人と流星群ねぇ……まるで御伽噺《おとぎばなし》だね」

姉はスマホを弄る手を止めようともせず、私のベッドに転がったまま腑抜《ふぬ》けた声を上げた。

ベッドの柵に器用に載せたハイボール缶を呷り、遠慮のないゲップを一つ。

「ロマンチックだねぇ、その子。あんたとは大違いだわ」

どの口が言ってやがる。廃棄物でロケット作ったり妹の部屋で酒かっくらうのがロマンチストの仕事なら、私は夢のないリアリストで結構だ。

姉はチラと私を横目で見遣り、興味深そうに問うてくる。

「宇宙服はどうすんの？　生身で宇宙行くと、なんか爆発するらしいじゃん」

らしいね。一回あんたで検証してみようか。夏の花火にゃピッタリだ。

「エンジン作るつもりなら宇宙服くらい作るんじゃないの？　それか例の宇宙人とやらに助けてもらうとか」

どうせ高校生が作る宇宙服なんか気休めにもならないし、人間が虫に思えるほどの文明なら、宇宙を漂う死体になっても蘇生《そせい》くらいは朝飯前だろう。それに東屋のことだから、『宇宙に行けるなら爆死しても本望だ』くらい笑顔で言いそうな気がする。

私は絶対嫌だけど。

イレギュラーすぎて細かい突っ込みどころが頭から抜けてたけど、そもそも東屋の行動の合理性を考える意義自体がかなり薄いと思う。

「ま、別にそこまで気にすることないんじゃない？　どうせガラクタロケットじゃ、宇宙なんか行けっこないよ」

日本トップクラスのエリートが昼夜を問わず議論を交わしている傍ら、夏休みの自由工作で作ったロケットで宇宙まで飛び立たれたら堪ったもんじゃないだろう。それはそれで彼らの反応が気になりはするけど。

きっぱりとそう結論付けた私を、姉はスマホから目を外して物珍しそうに眺める。

「あんたさ、そのロケット君の話してる時、随分楽しそうだよね」

「えっ、何で？」

「いや、それ訊いてんのこっちなんだけど」

「えっ、だから何が楽しそうなのか訊いてるんだけど」

微妙に噛み合っていない会話で、一瞬にして空気がささくれ立つ。よく分かんないけど多分姉が悪い。

先に折れたのは姉の方だった。溜息の後、話題を変える。

「……ま、別にいいけど、これからもロケット君のとこまでちょくちょく顔出してあげたら？　その子も話し相手ができて嬉しそうだし、どうせあんた暇でしょ」

「お姉ちゃんほどでもないから」

私が家にいて見掛けない時がほとんどないけど、バイトだってやってんだろ。マジでいつ大学に行って……っていうか何の勉強してんだ、あんた。酒の歴史か何かか。

暇人呼ばわりは癇に障るが、まぁ全てが的外れというわけでもない。

「言われなくたって分かってるよ。先生からも見張ってくれって言われてるし、ロケットの完成形もちょっと見てみたくなってきたし」

勉強に友達付き合いに東屋の見張りに、列挙するとやることは多い。

何はともあれ、まずは部屋から姉を追い出すことから始めるとしよう。

「んじゃ私、夏休みの宿題あるから。お姉ちゃんと違って毎日毎日忙しいから。勉強しないのは勝手だけど、いい歳《とし》してユーチューバー目指すのだけはやめてよね」

私はシッシッと手で姉を追いやり、廊下に出したところでバタンとドアを閉じた。

今日は変に混ぜっ返すこともなく素直に出て行ってくれたので、私は珍しいこともあるもんだと思ったが、すぐに宿題に没頭したためそれ以上深く考えることもなかった。

「……本当に分かってんのかねぇ、美鈴」

ドアの外の呟きを聞いた者は、誰もいない。

夏休みなんてできれば一歩も外に出たくないというのが本音なんだけど、家にいると主に姉が鬱陶しいので、何だかんだで外に出る機会は多かった。

昼は涼しい図書館で自習に励み、気が向いたら帰りにガラクタ山に立ち寄るというのが、私の中で習慣になりつつあった。予報通りに小雨が降った時、私は何となく気掛かりになってガラクタ山を覗きに行ったが、幸いと言うべきか東屋の姿はなかった。やはり私に張っ倒されたのがよっぽど堪《こた》えたらしい。

ただ、雨の日以外は本当にいつ見に行っても東屋は楽しそうにガラクタと戯れており、その熱意に私は素直に脱帽させられた。

部活だって週何回かは休まなきゃやってられんぞ。私は会ったことないから分からんけど、そんなに会いたいもんなのか、宇宙人って。

まぁ、質問するまでもないか。日に日に形になっていくロケットがその答えだ。

「ねぇ、市塚さんは夏休み、どっか行ったりしないの？」

そんな生活が一週間も続いた頃、東屋はいつものように作業の片手間に尋ねてきた。

額面通りに受け取れば何てことない質問なんだけど、自分を棚に上げたその訊き方が何だか気に障った。

「どっか行ってほしいの？」

「そんなこと言うつもりじゃなかったんだけどさ」

どーだか。私は別にいいんだぜ、明日からここに来なくたって。

頭の中で悪態を吐いて気が済んだ私は、気を取り直して質問に答えた。

「さあねー、親の気まぐれ次第かな。大体毎年どっかの温泉に行って、それ以外は友達とプールとか買い物行ったりするけど」

場所にもよるけど、概ね温泉は嫌いじゃない。人混みに揉《も》まれてクタクタになったり一時間も待ち続けて数十秒の絶叫マシーンに乗るより、熱い湯に浸《つ》かってゆっくり体を癒やす方が私にはよっぽど合ってる。ババ臭いとか言われたって気にしないもん。

……ただ、東屋が大人しく温泉に浸かってる姿はあんまり想像できんな。そう言えば東屋ってロケット作る前は何してたんだろう。

「あんたは行かないの？　夏中ガラクタ弄りとか、高校生の夏休みとして悲しすぎるでしょ」

「あはは、僕はそうは思わないけどね。ロケットが完成するの、すごく楽しみだし」

うん、それはもう百も承知です。

私は苦笑を浮かべ、少々つっかえながらも補足を試みる。

「あんたはそれでいいかもしれないけど、ほら、家族がさ。もっと高校時代のあんたと関わっていたいって思ってる可能性もなくはないわけじゃん」

……うーむ、姉と全力で距離を置いてる私が言っても説得力ないかもしれん。

後ろめたさから若干言葉を濁しながらも、私は東屋に提案した。

「無理強いする気はないけど、もしそのロケットのために断ったりしてるなら、たまにはそっちに付き合ってあげてもいいんじゃない？　どうせ二日三日外すくらい変わんないし、むしろリフレッシュになって作業の効率も上がるかもしれないしさ」

東屋の手が止まり、私の中に多少の不安がよぎった。

もしかして、余計なこと言ったかな。よく考えたら東屋の家族関係とか全然聞いたことなかったな。スパルタ教育とかネグレクトの反動でロケットを作り始めたんじゃないかって予想はこれまで何回かしたことがあるけど、当たってるとしたらリフレッシュどころか逆効果かもしれん……

という私の懸念は、どうやら杞憂《きゆう》に終わってくれたようだ。

「……そっか、僕じゃなくってお父さんとお母さんが、か……」

私の心配とは裏腹に、東屋は我に返ったようにそう呟いた。

やがて東屋は顔を上げ、素朴に微笑んで礼を述べる。

「考えたことなかった。ありがとう、ちょっと話してみるよ」

安堵と呆れを半分ずつ宿し、私は肩の力を抜いてぼやいた。

「……何ていうか、あんたって本当に盲目だよね」

「えへへ、それほどでも」

「褒めてないっつの」

このやり取りにも慣れたものだ。鼻で笑う私に、東屋も照れたように笑う。

会話がひと段落したことで、私はペットボトルのお茶を呷り、東屋は再びロケットに向き合った。

しかし、その手はなぜか動かない。

ロケットの外装に両手を突いたまま、東屋は背後の私に問う。

「……ねぇ、ところで市塚さんはさ、夏休みはどこにも行かないの？」

「…………はぁ？」

今度こそ私は思いっ切り顔を顰めた。

あの数分間は何だったんだ。実質ただの独り言じゃんか。

「それ、さっき話したじゃん。私の話聞いてなかったの？」

何？　私、今度こそタイムリープか何かしたの？　それとも私を煽ってんのか？

夏休みに何の予定も入ってない残念な女子高生めとでも言いたいのか？　あぁん？

私は威圧的に東屋に詰め寄ったが、額に手を当てる東屋からは演技やからかいの気配は感じられない。

「……え、あれ、そうだったっけ……？」

「ちょっとさー、その歳で若年性アルツハイマーとか洒落《しゃれ》になんないしマジでやめて――」

私が何気なく東屋の肩に手を置いた、次の瞬間。

ぐらり、と彼の体が傾き、私の思考が一瞬停止した。

「え」

そのまま精巧な蠟人形《ろうにんぎょう》のように、東屋は地面に横ざまに倒れてしまった。

私は条件反射のように東屋の体を揺さぶり、大声で呼び掛けた。

「東屋!?　ねぇ東屋、どうしたの!?」

「だっ、大丈夫だから。ちょっと暑さにやられただけ……」

「ちょっと暑さにやられたってレベルじゃないでしょ！」

反応があったことを安心できないほどに、東屋の顔は蒼白だった。加えてこの炎天下にも拘らず、東屋はほとんど汗を掻いていない。

私の背筋が、ゾワリと粟立《あわだ》つ。

「――――」

――どんだけロケット作りに集中してたんだ、あんた。

これまで遠い世界の存在でしかなかった〝死〟という一字が、脳裏をよぎる。動悸が痛いほどに速まり、呼吸が浅くなる。私は機能停止しかけた全身の力を振り絞り、ポケットから取り出したスマホに指を走らせた。

指先が震えて上手く操作できない。焦れて舌打ちする私を、東屋は焦点の合わない目で見上げる。

「待って、市塚さん、何してるの」

「何って、救急車呼ぶに決まってんでしょ！」

この状況でピザでも頼むと思ったのか。あんたを病院までデリバリーするんだよ。

どうにか緊急通報のタップに成功し、私は耳にスマホを押し当てた。かつてないほど全身全霊を集中させる私に、尚も東屋は縋《すが》るような言葉を掛けてくる。

「やめて、ダメ、本当にそれだけは……」

「やめるわけないでしょ！　いいからちょっと黙ってて！」

私がピシャリと東屋を一喝したその直後、通話口から冷静な女性の声が流れてきた。

『はい、119番消防です。火事ですか？　救急ですか？』

間髪をいれず、私は半ば怒鳴るようにして捲し立てた。

「救急です！　男子高校生が一人、熱中症で倒れて……ええと、場所は……」

私は藁《わら》にも縋る思いで体ごと周囲を見回したが、目に映るものは鬱蒼と茂る樹木とガラクタの山だけ。不法投棄に使用したと思われる小道があるにはあるが、救急車が安全に通れるかと言われると微妙なところだ。かと言って東屋を道路まで移動させるのも却《かえ》って危険が伴いかねない。

私は喉の奥で声にならない声を発し、八つ当たりじみた口調で尋ねた。

「GPSとかで分かんないんですか!?　ここ、雑木林の中で、目印が何もないんです！」

逆切れにも似た私の大声に対し、相手の女性は機械のような冷静さで確認を求めてきた。

『このまま電話を切らず、救急車が入れる道路まで移動して頂くことは可能ですか？』

東屋の危機や私の焦燥を意にも介さない彼女の態度に、私は憤りと感謝が入り混じった複雑な思いを抱きつつ、それを簡潔な一言に圧縮して吐き出した。

「できます！　やります！　すぐ行きます！」

私の感情なんか関係ない。この状況をどうにかしてくれさえするなら、神だろうが悪魔だろうが宇宙人だろうが何でもいい。

私は一旦スマホを下ろし、体を必死に捩《よじ》る東屋を強引に木陰まで引っ張って行った。飲み掛けのペットボトルのお茶でハンカチを濡らし、うなじを冷やす。気休めの応急処置にしかならないだろうが、何もしないよりはよっぽどマシなはずだ。

残ったお茶を無理やり飲ませると、私は強い口調で東屋に命じた。

「動いちゃダメだよ、東屋！　動いたら張っ倒してでも止めるから！」

「待って……市塚さん……」

私を呼び止める声は、もう聞こえなかった。弾かれたように立ち上がり、スマホを耳に押し当てたまま木々の合間を駆け抜けていく。細い枝や鋭い雑草が私の頬と脚を浅く傷付けたが、私は一瞬たりとも走りを緩めることはなかった。たかだか一分かそこらの時間が、私には途方もなく長い時間に思えて仕方なかった。

ようやく枝葉の向こうにアスファルトが見え、私は道路に辿り着いた旨を伝えた。既に出動を済ませていた救急車に正確な位置情報を送信したことを女性から教えられ、私はひとまず安心して電話を切った。直立して待つ数分は、私には何倍にも何十倍にも長く感じられた。

いつもは環境音か雑音にしか感じなかったサイレンの音が、まるで希望に満ちた調べのように聞こえた。間もなく姿を現した救急車に、私は大急ぎで駆け寄る。

私の姿を認めて停車した救急車から壮年の男性隊員が下車し、凛然《りんぜん》と通る声で言った。

「お待たせしました、患者はどちらに？」

「あっちの、雑木林の中です！　今は木陰で寝かせています！」

やり取りの間にも、二人の隊員が救急箱や担架を片手に救急車から降りてくる。

背後を顧みて準備が完了したことを確認した隊員は、私の目を見て一言。

「案内をお願いできますか？」

「もちろんです！」

言われなくともそのつもりだ。私はほぼ遠慮のない足取りで元来た道を戻り始めたが、流石は常日頃より訓練に勤しんでいる救急隊員、少なくない荷物を伴っていても私の速度に全く引けを取らない。

東屋は私の言い付け通り、木陰で横になってくれていた。じっと動かない東屋は、一見本当に死んでしまったようでゾッと粟立ったが、救急隊員の呼び掛けにはちゃんと反応してくれている。

三人の隊員達は手早く応急処置を済ませ、東屋を担架に乗せて救急車への撤収を始めた。彼らの後に続こうとした壮年の隊員に、私は居ても立ってもいられず質問をぶつけた。

「東屋、大丈夫でしょうか？」

隊員は顔の汗を拭い、頷いてみせた。その表情には安堵さえ浮かんでいる。

「ええ、もう少し遅かったら危なかったかもしれませんが、意識は比較的安定しているようですし、命に別状はないと思われます。もちろんすぐに病院で検査を受けてもらいますが、しばらく安静にしていれば、直に快復に向かうでしょう」

その言葉の意味をたっぷり時間を掛けて理解し、私の全身に体温が蘇った。

胸に手を当て、蚊の鳴きそうな声で零《こぼ》す。

「……よかった……」

緊張が一気に緩み、私はその場にへたり込んでしまいそうだった。

男性隊員は屈強な手を私の肩に置き、労《ねぎら》いの言葉を掛けてきた。

「あなたの適切な処置のお陰です。あなたも病院まで一緒に来ますか？」

一も二もなく、私は是とするつもりだった。無事を確かめるのはもちろん、あのバカにはきつく説教を入れてやらないといけないと思ったから。私に要らない心労を掛けた償いは、ケーキの一つや二つではとても釣り合わない。

しかし、頷こうとしたその瞬間、私は担架から滴る一粒の雫《しずく》を見た気がした。見間違いだったのかもしれない。私は数秒間、東屋の担架を注視していたが、そんなものは全く確認できない。そうこうしている内に担架は茂みの向こうに消えていき、間もなく東屋の姿も見えなくなってしまった。

不思議そうに佇《たたず》む男性隊員に、私は結局首を横に振ってみせた。

「……いえ、私はいいです。東屋のこと、お願いします」

隊員は何か言いたげであったが、彼なりに何かを察してくれたようで、それ以上何も追及はしなかった。担架を追い、力強い駆け足で私の元から離れていく。

一人取り残された私は、あの雫の正体を頭から引き剝がすべく、努めて剣呑に呟いた。

「……あんたが悪いんだからね、東屋」

最悪の危機は脱したはずなのに、なぜだか私はそれを手放しに喜べなかった。よく分からない何かが胸の奥に引っ掛かって、すっきりすることができなかった。

今になって思えば、きっと私は無意識に気付いていたんだろう。

嫌な予感というものは、得てして的中するものだ。


それからしばらくの間、ガラクタ山に近付くことはなかった。

東屋がいないから行っても意味がない。確かにその通りだけど、多分理由はそれだけじゃない。恐らく東屋がいたとしても……いや、いたなら尚更、私はあそこに行こうと思わなかっただろう。客観的に見て、私は正しいことをした。だけど、だからこそ怖かったのだ。私の正しい行動が、東屋にとって望ましくない結果を生み出してしまったら——と。その瞬間、東屋がどんな表情をするのかと思うと、どうしても重い腰を上げる気にはなれなかった。

それが具体的に何であるか、はっきり認識していたわけではない。

しかし結論から言うなら、私の予感は的中してしまった。

東屋が病院に搬送され、一週間。

東屋とは連絡先を交換していなかったから、住所や搬送された病院はもちろん、今あいつがどうなっているのかも分からない。家にいてもどうにも落ち着かなかった私は、ようやくガラクタ山に赴くことを決めた。外は相変わらず暑くて、私を家に閉じ込めようと躍起になっているようだったが、私はそれを強引に無視した。

一度外に出てしまうと、暑さはさほど気にならなかった。正確には気に掛けていられなかったってだけなんだろうけど、とにかく今の私はあの雑木林へと向かうことだけに集中していた。見慣れた獣道の入り口に立ち、深呼吸の後に踏み入る。

道なき道を進む中、私は奇妙な違和感を覚えた。

「………？」

歩きながらしばらくその理由を考え、私はその答えに行き着いた。

歩きやすいのだ。私の慣れとはまた違う。地面がやけに踏《ふ》み均《なら》されていて、枝や雑草も人が通りやすいように倒れている。三名の救急隊員による往復、それも一週間も前の一件のみで、ここまで整えられるとは思えない。

しかしその理由については思い至らないまま、枝葉の隙間から空き地の一部が見えてきた。そして同時に、そこに立つあの見慣れた小さな背中も。奇妙な偶然に複雑な思いを抱えた私であったが、出くわしてしまった以上は無視するわけにもいかない。

私は努めて平静を保ち、草木を掻き分けがてら東屋の背に声を掛け――

「東屋、もう体は大丈――」

そこで、私の言葉は止まった。

辿り着いた空き地、東屋の背中越しに見るそこには——何もなかった。

山と積まれたガラクタはどこにもなく、ぽっかりとした空虚な空き地だけが広がっていた。

まるで初めから何もなかったかのように。まるであの日々が、全部夢であったかのように。

痕跡の一欠片として、そこには残ることが許されていなかった。

「……ガラクタ、棄てられちゃったね」

呆然とする私の隣で、東屋がポツリと呟く。

その一言だけで、私は全てを察した。

棄てられてしまったのだ。東屋があれだけ心血を注いでいた、あのロケットさえも。

「………」

掛ける言葉が思い浮かばない。それどころか、東屋の横顔を見る勇気さえ、私にはなかった。安易に東屋に触れて、壊してしまうことが、今の私は何よりも怖かった。

無言で立ち尽くす私を気遣ってか否か、東屋は続ける。

「うーん……元々棄てられてたものなのに、『棄てられた』ってのも変な話だよね。

片付けられた？　それとも撤去された？　えへへ、よく分かんないな」

　東屋の口調は、思いのほか明るいものだった。

　だけど、私は気付いている。東屋の抑揚に満ちた声の端が、不安定に震えていることに。

「何で」

「あの後、ここの雑木林にちょっとした野次馬が集まっちゃったみたいでさ。ここに棄てられてたガラクタがバレちゃったらしいんだ。それで通報を受けた役所が撤去に動いて……子供の遊び場になると危ないって思ったんだろうね。へへ、本当にその通りだから返す言葉もないや」

「ねぇ、何で」

「仕方ないよ、役所の人達は町を綺麗にする仕事を全うしただけなんだから。まさか『ゴミを残してくれ』なんて言えるわけないし、聞いてくれるわけないでしょ？　すごいと思うよ。こんな雑木林の奥にあったあんな沢山のガラクタが、たった一週間で全部綺麗さっぱりなくなっちゃうなんて」

　もう、我慢の限界だった。

「何で!?　あんた、何でそんな風に平然としてられるの!?」

私は感情の赴くまま東屋の肩を摑み、無理やり自分に向けさせた。

黒曜石のように黒く揺蕩《たゆた》う東屋の瞳からは、何も読み取ることができない。それでも、私は東屋が心の奥深くに閉ざした本音をこじ開けるべく、矢継ぎ早に言葉を浴びせかける。

「ううん、平然としてなんかいない。できるわけないよ。あんな風に熱中症で死にかけてまで作ろうとしたロケットをあっさり棄てられて、平然としてられるわけがないよ！　その証拠に、あんた泣いてたじゃん！　あんた、本当はこうなることが分かってたんでしょ⁉」

東屋は沈黙を保っていたが、私の剣幕に圧倒されている様子はなく、それが肯定の意であることは明らかだった。

許せなかった。この空き地にガラクタを棄てた奴が。そのガラクタを勝手に撤去した奴が。そして何よりも、この結末をちっとも予期できていなかった、愚鈍で浅はかな私が。

今、東屋に絶望を抱かせる全てが、私は憎かった。

「怒ってるんでしょ⁉　私の余計なお世話で全部台無しにしやがったって、そう思ってるんでしょ⁉　やめてよ、私のために強がったりしないでよ！　建前の笑顔なんかいくら見せられたって、私は全然嬉しくなんかないんだよ！」

息継ぎもなしにありったけの言葉を吐き出した私は、何百メートルも走った後のように激しく肩を上下させた。

私の耳が疼《うず》くほどの大声を浴びせられても、東屋は目を背けようとしない。

肩に私の指が深く食い込んでも、東屋は眉一つ動かそうとしない。

問い詰めているのは私なのに、追い詰められているのは私の方であるように思えた。

東屋の答えを聞くのが怖い。だけど、ここで逃げたら、きっと私は二度と東屋と顔を合わせられない。私は脚に力が入らないのをごまかすように、東屋の肩に置く手に一層の力を込める。

やがて東屋の口が徐《おもむろ》に開かれ、私は思わず身を固くする。

「強がってなんか、いないよ」

発せられた一言に、怒りや悲しみといった感情は込められていなかった。

押し黙る私を気遣うように、東屋は屈託なく笑う。

「むしろ、僕は安心しているんだ。ラッキーだったたって言ってもいいくらい」

「は……？」

あまりにも想定を懸け離れたその台詞に、東屋の肩を握る私の手が緩んだ。

東屋は静かな身のこなしで私の拘束から脱すると、ガラクタ山のあった場所にゆっくりと歩み寄り、陽気な口調で饒舌《じょうぜつ》に語る。

「市塚さんの言ってた通りだよ。いい加減、僕は現実を見るべきだったんだ。高校生が宇宙に行くなんて、初めっからできっこない。誰のせいでもない、身の程知らずに挑もうとしたバチが当たっただけ。大体、形だけロケットを作ったところで、どうやって宇宙まで飛ばすっていうのさ。僕一人が死ぬだけならまだしも、落ちどころが悪かったら大惨事――」

東屋の言葉が止まった理由が、最初は分からなかった。

やがて私は東屋がこちらを振り返り、私の方を見ていることに気付いた。私の背後に何かあるのか、と思ったけど、頬を伝った熱い感触がそうじゃないと告げる。

顎に達したその熱は、一粒の水滴となって地面に弾けた。

数年振りくらいに出た私の涙は、いくら堪《こら》えようと思っても一向に止まってくれない。

「……んで……」

――何で私、泣いてるんだろう。

意味が分からない。そもそも私はこうなることを望んでいたはずだ。東屋は歳相応の適切な振る舞いを覚えるべきだと、そう思い続けていたはずだ。ロケットを撤去されたところで、気長に宇宙飛行士を目指せばいいだけの話なのだから。なのに東屋は、頑なに私の主張を退け、本気で宇宙に行こうと幼稚な夢を諦めることなく——

そこまで考えたところで、私はようやくその理由に気付く。

「……なんで……」

東屋が、本気で宇宙に行こうとしていたからだ。

その東屋の本気に、私が身近で触れていたからだ。

そして、東屋がそのかけがえのない夢を放棄する瞬間に、立ち会ってしまったからだ。

東屋は純粋だ。宇宙人との約束をコケにされて拗ねるほどに。だから、付き合いや冗談で自分の夢を笑い飛ばすようなことは絶対にしない。裏を返せば、東屋がそうしたということは、彼が本気でその夢を諦めたということに他ならない。

名前を付けることすら憚《はばか》られる、あまりにもありふれた〝それ〟は。

取るに足りないほどの、しかし紛れもない——〝絶望〟だ。

「なんで……そんなこと言うんだよぉ……」

子供じみた泣き言のみならず、私は嗚咽《おえつ》すら上げ始めていた。視界はぼやけてほとんど何も見えなかったけど、東屋が困惑しているのは感覚で伝わってくる。それでも、私は次から次へと溢れ出る涙を拭うのが精一杯で、身を取り繕う余裕なんて微塵もなかった。

——夢だの何だのは結局、自分にとっての拘りでしかなくて……

幼稚なのもバカなのも私の方だった。他人が夢を諦める瞬間が、こんなにも苦しいものだなんて、思ってもみなかった。

東屋は何も言わない。夢を失った東屋の佇まいは、まるで亡霊のように儚《はかな》げだった。気付けば、私は駆け出していた。東屋に背を向け、一目散にその場を走り去っていた。

走って、走って、逃げるように走り続けた。視界がぼやけて何度か木にぶつかりそうになったけど、私は速度を緩めなかった。先日の救急車の一件と同じか、それ以上に。

遠く離れたアスファルトの道路に辿り着いても、東屋の笑顔が頭から離れない。呼び止める東屋の声がなかったことが、今の私にはこの上なく有り難かった。

誰にも会うことなく、誰とも話すことなく、すぐにでもベッドにうつ伏せになって寝たい気分だった。よく分からない感情が頭の中で絶えず渦巻いていて、とにかく一度眠って頭をリセットしないと、このままどうかなってしまいそうだった。

しかし、嫌なことというものはつくづく重なるものだ。

ドアに手を掛けた時点で自室が無人でないことを悟っていた私は、ベッドの方に一瞥もくれることなく一言。

「ごめん、お姉ちゃん。出てってくれる？」

「イヤでーす。お猿さんだから人間の言葉わかんなーい」

私の心境などどこ吹く風、姉もまたスマホから目を離さないまま、いつも通りに私をおちょくってくる。

しかし私は姉といがみ合いをする気にも、さりとて部屋から出て行く気にもなれなかった。両親と顔を合わせたくなかったし、見知らぬ他人であれば言うに及ばず。

吹っ切れた私は勉強机に着くと、机に突っ伏して矢継ぎ早に言った。

「じゃあ永遠にここにいて。ご飯にもトイレにもお風呂にも行かないで。死んでもこの部屋から離れないで」

半ば無意識にスマホで〝市塚美典を消す方法〟を検索したが、生憎ヒットは0件だった。人類の従僕たる機械からさえも拒絶された気分になった私は、言い知れない孤独感からスマホを机に放り投げ、腕枕に顔を埋《うず》めた。

そこでようやくいつもと違う私の様子に気付いたらしく、姉はこちらを横目で見て尋ねた。

「どしたの、あんた？　何か嫌なことでもあった？」

姉なりに気に掛けてくれてはいるようだが、部屋から出て行くどころかベッドから離れる気もないようだ。続く言葉には無神経な好奇心すら垣間《かいま》見える。

「あ、もしかしてアレでしょ。例の何とかっていうロケット君。大方、彼と喧嘩《けんか》したんでしょ。どう？　当たった？」

こいつには他人の心境を推し量って気遣うという判断ができないんだろうか。できないんだろうな。猿だから仕方ないな。餌《バナナ》食って寝るしか能がないんだろうな。

どいつもこいつも、私以外も私も。

みんなみんな、バカばっかりだ。

「つーかそもそもがおかしいじゃん……何でわざわざガラクタロケットで宇宙行こうなんて思い立つんだよ……普通に宇宙飛行士目指せよ……救急車を呼んじゃダメなら……じゃあ私、あの時どうすりゃよかったんだよ……」

口を衝いて出たのは東屋への恨み節だった。この期に及んで『私は悪くない』という防衛機制が働いたことが腹立たしく、私は自己嫌悪の連鎖に陥った。

いっそのこと、怒鳴ってほしかった。お前が台無しにしたんだって、そう詰《なじ》ってほしかった。

もしくは泣いてほしかった。渾身《こんしん》のロケットが捨てられて悲しいって、子供みたいに喚《わめ》き散《ち》らしてほしかった。

いや……そうならなかったからこう思ってるってだけかもしれない。実際に怒られたり泣かれたりしたら、もっと優しく寛容な心を持てよって反駁していたかもしれない。そうなればそれこそ、私と東屋の亀裂は決定的なものになっていたかもしれない。

頭の中がグチャグチャで、何も考えられない。

リセットボタンで全部なかったことにしてしまいたい。

ああ――もう何も考えたくない。

「何でこんな気持ちになるのかも……これがどんな気持ちなのかも……分かんないんだよ……」

枯れた涙の代わりのように、私は募る思いを言葉にして吐き出した。とにかく何らかの形で感情を発散させ続けないと、内側から破裂してしまいそうな気がして。

もっとも、姉にこんな惨めな自分の姿を見せるのは実に不本意であったが——

「美鈴さぁ」

「ほわぁっ!?」

すぐ傍から発せられた声に、私は思わず身を跳ねさせた。

いつの間にか姉はベッドから立ち上がり、勉強机の隣に立っていた。

私は泣き腫らした目をごまかすように袖で顔を拭い、座ったまま姉を見上げる。

「……何？　どうしたのお姉ちゃん？」

姉はしばらく私をじっと見下ろすばかりだった。何かを見定めるようなその視線の意図を図りかね、疑問の声を上げた私に、姉はようやく口を開く。

「あんた何なの？　どこまで本気で言ってんの、それ？」

「……は？　どゆこと？」

一切の具体性を省略した姉の台詞に、私は一層眉間に皺を寄せた。

私の反応を見た姉は、何かを確信したように額に手を当て、力なく首を振る。

「……マジか。マジで何も気付いてないのか、あんた」

コケにするどころか、哀れむような姉の言葉遣いが何とも腹立たしい。

これだからバカは嫌いなんだ。自分が世界の中心にいると錯覚し、周りが何でも思い通りに悟ってくれると思ってる。悪いけど長年寄り添った夫婦だって私と同じ反応をすると思うぞ。

沸々と湧き上がる怒りのエネルギーが、元の私を取り戻させてくれているように思えた。こんな猿になど構う気にもなれなかったが、ここらでそろそろ反撃に移るか、と思った矢先。

「美鈴ってさ、本当に変なところでバカだよね」

放たれた姉の言葉は――その後の私の運命を、大きく揺るがした。

5 ノブレス・オブリージュ

konosora no uede
itsumademo kimi wo matteiru

何の変哲もない一軒家の前で、私は挑むような仁王立ちで構えていた。

表札が示す名は、〝東屋〟。

一度の深呼吸に覚悟を乗せ、私はインターホンを押下する。

『はい、東屋ですが』

母親と思《おぼ》しき女性の声に、私はカメラを見つめてはっきりと言った。

「東屋智弘君はいますか？　クラスメイトの市塚という者です」

『は、はい。少しお待ちを……智弘、ちょっとあんた、女の子！　女の子がウチに来てるんだけど！』

『えっ、何？　誰？　市塚さん？　ちょっ、分かった、今行くからちょっと待ってて！』

……何ていうか、めっちゃ普通だな、東屋の家。

向こうがあまりにも慌てまくるもんだから、却って私の心は落ち着いてしまった。

通話が切れて十数秒後、玄関の扉が僅かに開き、中から目だけがこちらを覗く。

制服姿の私を認め、高校指定のジャージ姿で現れた東屋は、自宅に押し掛けた私を見て、ひどく目を瞬いた。

「ど、どうしたの、市塚さん」

私は視線で東屋をその場に釘付《くぎづ》けにすると、大股で歩み寄って肩に手を置いた。

「東屋」

怯《おび》える東屋の目を覗き込み、私は宣言した。

「作るよ」

「えっ、何を？」

至極真っ当な東屋の反応が、今の私には焦れったいことこの上なかった。

仲良くケーキやプラモデルを作るとでも思ったのか。東屋が作れるものなんて、後にも先にも一つしかないだろうに。

「ロケットに決まってるでしょ！」

「えっ、ロケットって言ったって、あれはもう……」

尚も難色を示す東屋の手を握り、私は有無を言わさず引っ張った。

「もうも牛も豚も鶏《とり》もないから！　とにかく来なさいっての！」

「ちょっ、ちょっと市塚さん!?」

クロックスを履いた東屋は何が何だか分からない様子だったが、私は構わずその手を引いて歩き出した。

不思議な気分だった。今なら何でもできるような、何でも叶うような、そんな子供じみた万能感が私の中に満ち満ちていた。すれ違う通行人や野良犬さえも前世からの友人であるような、そんな間の抜けた空想さえ私の中に存在していた。

名前を付けることさえ億劫な、感情の波形の山部分。

きっと人は、これを〝希望〟と呼ぶのだろう。

――いいことと悪いことが交互に来るってのも、案外的外れじゃないのかもしれない。

辿り着いた先は、私達の通う高校だった。夏休みなので部活動に勤しむ生徒と顧問以外は誰もいないし、ましてや教室に人がいることなんて有り得ないんだけど、私は迷わず昇降口を抜けて階段を上がっていく。東屋もまだ私の行動の意味を理解できていないようだったが、もはや質問が無意味だと悟ったようで、黙って私についてきてくれている。

やがて訪れた教室で目の当たりにしたものに――東屋は、目と口を皿のように丸くした。

「……これって……」

時は昨日の午後一時に遡る。

その日の教室は、夏休み真《ま》っ只中《ただなか》にも拘らず、ほぼ全ての席が埋まっていた。

姉との会話を終えた後、私は割れんばかりにスマホを握り締め、ＳＮＳのグループチャットでクラスメイトに招集を掛けたのだ。詳しい事情は学校で説明するから、とにかく教室に集まってくれ、と。私一人ではとてもこれだけの生徒を集めることなんてできなかっただろうけど、ココアが率先して仕切ってくれたお陰で、どうにか全員へ声を掛けることに成功した。スケジュールを調整し、多少の無理を押してもらって集合したのが、この時間だった。

数少ない埋まっていない席の一つは私、市塚美鈴。

もう一つは東屋智弘。元々クラスで孤立しがちだったのが、今回は却って幸いした。

「みんな、夏休みなのに集まってくれてありがとう」

教壇に立った私の声は、僅かに震えていた。

正直に言うと、怖い。もしかしたら今後の高校生活、同級生からずっと白い目で見られることになるかもしれない。友達なんていなくても構わないと思っていたけれど、それでも敵意を向けられるのはやっぱり嫌だ。

だけど、もう後戻りはできない。そういう状況を敢えて作り出したのだ。こうでもしないと、私はいつまで経ってもバカのままだから。

生き方というのは癖になる。いつか変わることに期待していたら、いつまで経っても変わらないままだ。

変わるのは、今だ。

「単刀直入に言うね。文化祭の出し物を、変更させてほしいんだ」

振り絞った私の声は、決して大きくなかったけど、教室の向こうまで淀みなく響いた。

誰も何も言わない。続く私の言葉を予期していたからだろう。

「こんな風にみんなを呼び付けてるから気付いてると思うけど、ただ変更するだけじゃないんだ。多分、ものすごく時間を掛けることになる。……最悪、夏休みが全部潰れることになるかもしれない」

クラスメイトの雰囲気が変わったのを、私は肌で感じていた。声に出す者はいないが、身じろぎや呼吸などの環境音が、言葉よりも直接的に彼らの感情を伝えてくる。

指の感覚が消えて、足が震えた。彼らの顔を見るのが怖くて、私は思わず顔を下に向けた。

「……ムカつくよね。鬱陶しいよね。このクソ暑い中呼び付けておきながら、いきなりこんなこと言い出して、そう思って当然だよ。私が逆の立場でも同じだもん」

彼らの気持ちを推し量り、私は先回りしてそう言った。

不服に思うのは痛いほど分かる。彼らが今、私に抱いている感情は、これまで私が散々味わってきたそれだ。そんな私が自分の都合でクラスメイトに協力を求めるなんて、反感を買わない方が不思議なくらいだと思う。

「こんなこと言えた義理じゃないって分かってる。たまたま同じクラスになっただけで、学校行事の度に何でこんな振り回すんだって、私これまでずっと思ってた。行事だけじゃない。友達との付き合いだって、何が楽しいんだろうって思うことの方が多いくらいだった。最低だよね。こんな奴、友達でも何でもないし、聞く耳持たなくて当然だよ」

言葉にすると、自分の醜さが何倍も何十倍も酷《ひど》く感じられた。いつからこうなってしまったんだろう。昔はもっと、毎日を純粋に楽しく過ごせていたはずなのに。

だけど……仮定をいくら繰り返したところで、その〝いつか〟には戻れない。

「覚悟はできてるつもり。みんなの協力が得られなくても、私は一人でやる。だけど、やっぱり私一人じゃダメなんだ。それじゃきっと、これまでと何も変わらない。だから……」

押し付けがましいのは分かっている。身勝手なのも分かっている。

それでも、私はみんなに自分の思いを伝えなきゃならないんだ。

誰のためでもなく、私自身が前に進むために。

「みんなお願い！　これを機に親友になるなんて言えない！　これが一生のお願いかも分からない！　最低な奴が最低なこと言ってるって分かってる！　だけど、その上で言わせて！」

私は猛然と頭を下げ、絶叫にも似た声でクラスメイト全員に懇願した。

「この夏休み、どうか私のワガママに付き合ってほしい！」

黒髪を振り乱し、私は天にも祈る気持ちで彼らの審判を待った。

正直、教壇に立つ前までは、ココアや数名の友人は快く協力してくれると思っていた。だけど、それは甘い見通しだったかもしれない。冷静に考えれば、たかが二日三日の文化祭のために、貴重な夏休みをわざわざ浪費するなんて有り得ないと思う。接点のない他のクラスメイトであれば言うまでもない。名乗り出てくれたところで、途中で飽きて投げ出されるのが関の山だろう。

一人でもやり遂げる——その言葉に偽りはない。けれど単なる労力ではなく、三十人もの生徒全員に拒絶されること自体が、私にとっては辛《つら》く耐え難い未来だった。

『友達なんていなくてもいい』なんて言っていた過去の自分が、この上なく憎くて仕方なかった。

クラスメイトの間にはざわめきが漂っているが、可否について言及する者は誰もいない。

そんな中、長い沈黙を破って声を上げた者がいた。

「ねぇ、美鈴。顔上げて」

声の主はココアだった。言われるままに顔を上げると、いつになく真剣な彼女の表情が目の前に表れる。

「私は美鈴が思い付きや冗談でこんなことをしないって知ってる。きっと何か深い事情があるってことは分かってる。だけど、一つだけ分かんないことがあるんだ」

ココアは心底不可解と言いたげに腕組みし、私に問うてきた。

「何でわざわざあんな風に、みんなに嫌われそうな言い方したの？」

私は居たたまれず、顔を背けてしまった。これまでの付き合い全てを否定するような私に、ココアと顔を合わせる資格なんてないような気がした。

「……ズルいと思ったから」

ようやく発した私の声は、掠《かす》れていた。

自分の不甲斐《ふがい》なさで溢れそうになる涙を、私は必死に押し留める。

「友達でしょって言えば、優しいみんなは助けてくれると思う。けど、そんな都合のいい時だけ友達面するような真似はしたくなかったんだ。みんなの良心を踏みにじるような真似は……」

「美鈴」

ココアは唐突に私の名を呼び、私の両頬に手を添えて自分の方に顔を向けさせたかと思うと。

「ていっ」

あろうことか、自分と私の額を正面衝突させてきた。

ゴン、という音が頭蓋骨に響き、脳を揺るがす激痛が遅れてやって来る。

「いてぇあっ⁉」

「かてぇあっ⁉」

私とココアはほぼ同時に叫び声を上げ、揃ってその場に膝を折った。

——おい、ちょっと待て。私はともかく、やった本人《ココア》がその反応ってどういうことだ。

痛みのあまり涙が引っ込んだどころか、何を話していたのか、何で教室にいるのかさえ一瞬忘れかけてしまった。

頭を押さえて立ち上がった私は、尚も悶絶《もんぜつ》するココアに、ドスの利いた声で問い詰める。

「……言い訳を、聞こうか」

私の発言がココアの怒りを買ったにしても、この仕打ちは少々看過し難い。

回答如何《いかん》ではは反撃も辞さないつもりだったが、ココアの答えはそんな気さえ削《そ》がれるほどアホらしいものであった。

「ごめん、風邪の時におでこくっ付けて熱測るアレの要領で美鈴の気持ちが分かんないかなと思ったんだけど、固くて痛いだけだった。ここまで固いのは流石に想定してなかった。カッチカチや……うっ、ヤバい吐きそう」

「………………」

ガチっぽい反応やめろよ。ココア今『ていっ』って言っただろ。絶対に最後のネタ言うつもりで頭突いてきただろ。ここまで体張ってそこまで言ったならむしろ言い切れよ。

一思いにとどめを刺してやろうか、と私が額に掛かった髪を分けたところで、ようやくココアは息を吹き返した。

野生動物のように頭を振ってから、痛む頭を押さえて口を開く。

「美鈴って頭が固いって言うか、変なところでバカだよね。あんな長ったらしい話を聞かされなくたって、美鈴がどっちかと言えば一人で過ごす方が好きなんてこと、とっくの昔から気付いてたよ」

「……えっ」

「そりゃー気付くよ。私の方から美鈴を誘うことはあっても、逆は全然だったじゃん」

何でもないことのように放たれたココアの一言が、私にとっては衝撃だった。

他人の心の機微に鈍感そうなココアが、私の気持ちに気付いていたことが――いや、たとえ気付いていても、そんな言葉がココアの口から出てくるとは思っていなかった。私に言わせればココアの方こそ、そういう建前を気にするタイプだと思っていたから。

私の心を見透かしたかのように、ココアは悪戯っぽく含み笑いする。

「でもさ、友達ってそんなもんでしょ。一緒にいて楽しいことだってあるけどさ、誰にだってそういうのがめんどいって思う時もあるよ。まー、美鈴はプライド高いのかもしんないけどさ、高校生の分際で完璧《かんぺき》なんか目指しちゃダメだよ。本当にやりたいことのためなら、使えるもん全部使ってやり遂げなきゃ。そんで、困った時は『助けてくれ』でいいんだ」

ココアの言葉は口調も台詞も楽観的で、それだけに私の心に鋭く響いた。

……それでも、私の心の暗雲は晴れない。

そんな単純な考えで、本当にいいんだろうか。

ココアは私のために、無理してそう言っているだけなんじゃないだろうか。

「……だけど、それじゃ」

またも甲斐性なく俯《うつむ》いてしまった私の背を、ココアは強く叩いて陽気に一言。

「いーじゃん別に、都合がよくたって。それで助けるかどうかは、私達が勝手に判断する話なんだからさ」

ココアの表情には一点の曇りもない。たとえ建前でも、たとえ強がりでも、今の私には彼女の明るさがすごく嬉しかった。

私にないココアの強さが、私には眩しかった。

ココアは整然と席に着くクラスメイト達を横目で見ると、無造作に顎でしゃくった。

「心配し過ぎなんだよ、美鈴は。気にすんなって。このクラスの前半分は、こういう展開が結構好きな連中だから」

「後ろ半分は？」

「決めること決めてもらってさっさと帰りたい連中」

打てば響くようなココアの答えに、教室は一気に蜂の巣をつついたような大騒ぎになった。

「おいちょっと待て！」

「異議あり！　それ問題発言！」

「アハハッ、言えてる言えてる」

「つーかよー、そんなことより何やるのか早く教えてくれよ！」

「夏休み全部使うって、逆にちょっとテンション上がってくるくない？」

誰も彼も好き放題に言葉や感情を発散させているが、私の身勝手を拒否し、教室を去る者は一人もいない。

目の奥から込み上げるものを押し込め、私は上擦った声でココアに尋ねた。

「……助けて、くれるの？」

振り絞るような私の声と対照的に、ココアの言葉はどこまでも迷いなく、普段通りだった。

「当たり前じゃん。だって私達、友達でしょ？」

何者かの啜《すす》り泣《な》く声は、教室内ではなく廊下から聞こえてきた。

笠本先生がドアの外でこっそり盗み聞きしていたことがバレたのは、それから数秒後の話。

教室の中にあったものは、大量の段ボールをハサミやカッターで裁断する、大勢のクラスメイト達の姿だった。

机を下げた教室中に広がり、男女問わず和気藹々《わきあいあい》と作業に励むさまは、集めた私をして目を疑うほどの壮観さだ。学校行事なんて下らない、という観念が完全に払拭されたと言えば嘘になるかもだけど、それを好きと思う人の気持ちも今の私なら分かる気がした。

東屋は半ば放心状態のように、私に尋ねてくる。

「すごい……これみんな、市塚さんが……？」

畏敬の眼差《まなざ》しでそう言われると、どうにもむず痒《がゆ》い。

私は照れ笑いを浮かべ、作業に勤しむ彼ら一人一人に目を配る。

「これでも全員じゃないいんだよ。まぁ、部活とか塾とか色々あるから、全員はなかなか揃わないいんだけど」

もちろん、これはただのスタートラインだ。用事にかこつけて来ていないだけの人もいるだろうし、今後飽きて投げ出す人も出てくることだろう。

だけど、それでもいいと思う。私や東屋にとって大切なものがあるように、彼らには彼らが大切にしたいものがある。どちらの方が重要だとか、優先すべきだとか、そんな線引きを決める権利は誰にもない。彼ら自身の時間を存分に過ごして、また気が向いた時に少し様子を見に来てくれれば、それだけでも私は嬉しい。

「それに、私の力なんて大したもんじゃないよ。あんたがロケット作って宇宙に行こうとしたこととか、そのロケットが撤去されたことを話したら、みんな快く協力してくれたんだ」

「えっ、それって……」

「ごめんね、約束また破っちゃってさ……だけどね、」

言葉に詰まったその続きを、私ははにかみ交じりに引き継いだ。

「あんたの力が、みんなをここに呼び集めたんだよ」

東屋の本気の努力があったから、私の心は動かされた。

私の心が動かされたから、私は本気で彼らとぶつかることができた。

壊れかけたものを見つけて、直して、繋いで、磨いて、前より立派なものにして。

ガラクタの王様という称号も……案外、腐したものでもないのかもしれない。

……適当に付けた渾名なのに、ちょっと格好いいと感じてしまって悔しい。私は気恥ずかしさをごまかそうと頬を掻き、天井の方に目を遣りながら続ける。

「まぁね、もうちょい私達で何とかしていきたい思いはあったんだけどさ……ほら、ロケット作ったことがある奴なんてまずいないじゃん。だから病み上がりで悪いけど、あんたにも協力して……」

突如聞こえた洟《はな》を啜る音で、私は思わず言葉を切った。

見れば傍らの東屋が、両目から大粒の涙をボロボロ零しているではないか。

「何で泣くのぉ――!?　え、そんなに!?　アレ話したのそんなにダメだった!?　いやそりゃダメだったかもしれないけど！　二回もやらかしてマジ悪かったけど！」

「ごっ、ごめ……」

私の抗議に東屋は慌てて目尻を拭ったが、滴る涙はむしろ増量したように見えた。

「だって……僕、本当に嬉しくて……」

蚊の鳴くような東屋の答えを聞き、私の心に安心と呆れが同時に生まれた。

私が泣いている時に笑って、私が笑っている時に泣いて……本当に東屋はどこまでも私と正反対の次元に生きているな、と私は一周回って脱帽した。偏屈宇宙人の気まぐれがなければ一生関わり合いになることすらなかっただろう。

声にならない声でしゃくり上げる東屋の両頬を、私は両手でがっちり摘まんだ。

「嬉しいなら笑えー！　バカすぎて笑い方も忘れちまったのかあんたはー！」

「いだだだだだ」

そのまま横に引っ張ると、東屋の頬は思った以上に伸びた。涙目なのに口だけ笑っている姿は、さながら人間福笑いだ。

あ、これちょっと楽しいかも。東屋のほっぺた、餅みたいにびろーんってめっちゃ伸びる。

どのくらい伸びるんだろうと私が東屋の頬をむにむに弄り回していると、作業の片手間にココアが茶々を入れてきた。

「あー、美鈴が東屋を泣かせてるー！」

「泣かせてねぇーッ！」

「みぎゃー！」

唐突に指を離したことで東屋の頬はゴムのようにバチーンと戻り、ココアを始めとする生徒達の笑い声が校舎中に響き渡った。

クラスメイトに注目されたことを今更のようにこそばゆく思い、私は痛そうに頬を摩《さす》る東屋に素っ気なく言った。

「……段ボールばっかだから、あんたからすればちょっと物足りないかもしれないね」

「ふふふ、僕を誰だと思ってるのさ、市塚さん」

ようやく泣きやんだ東屋は、私の言葉を受けて意味深に含み笑いした。

いや誰だよ、チビでバカで泣き虫な普通の男子高校生だろ。

しかし、私がそう突っ込む前に割り込んできた声が一つ。

「おーい、集めてきたぞー！」

笠本先生の銅鑼声《どらごえ》だった。汗まみれの顔を達成感で綻ばせ、私達を手招きする。

私や東屋を含む複数の生徒達が先生の後についていくと、昇降口の前に一台の軽トラックが停車しているのが見えた。荷台は幌《ほろ》で覆われているが、その高さは車高を優に超えている。

先生が大仰な仕草で幌を引き払うと、私達の目の前に山のような段ボール箱が出現した。

数は十や二十では足りるまい。山積みになったそれらの中には、更に折り畳まれた段ボールが限界までぎっしり詰められている。入れ物の段ボールは哀れにもパンパンに膨れてしまっており、今にも悲鳴が聞こえてきそうだ。

想像以上の収穫に驚く私達に、笠本先生はしたり顔で胸を張った。

「いやー、大漁大漁。リサイクルセンターで事情を説明したら快く分けてくれてよ。実家の軽トラ借りて積めるだけ積んできて……」

しかし、私達が一向に賞賛の声を上げないことを訝しく思ったのか、先生の言葉は尻すぼみに消えていった。

小声を交わし合う生徒達の顔は、尊敬や感謝どころか困惑の色さえ帯びている。

「いや、これはいくら何でも……」

「……集めすぎじゃね？」

ビリッ、と聞こえたのは、多分段ボール箱の一つが容量オーバーで裂けた音だ。

本当に悲鳴上げちゃったよ。可哀想に。

「……あれ、もしかして俺、余計なことしちまった……？」

呆然と立ち尽くし、所在無げに指を弄ぶ笠本先生は、まるで悪ふざけが見つかった子供のようにしおらしく見えた。何となくだけど、先生の学生時代の姿が想像できる気がする。

私達が是も非もなく顔を見合わせる中、口火を切ったのは東屋だった。

「ううん、余計なことなんかじゃないよ」

藁にも縋るような先生に、東屋は続けざまに訊く。

「先生、段ボールってもっとたくさん集められそう？」

「あ、ああ。まぁそんなもん、その気になりゃいくらでも集められると思うが……」

笠本先生はそう答えつつも、東屋の真意を図りかねているようであり、私も同じ思いを抱えていた。サイズにもよるけど、こんだけあれば多分二つか三つは作れるぞ。これ以上集めてどうすんだ。

内心で首を傾げる私達に向き直り、東屋は悪戯っぽい笑顔で言った。

「ねぇ、みんな。一つ提案があるんだけど、聞いてもらっていいかな？」

直後、有無を言わさず投下された東屋の爆弾発言に、私達は一様に驚愕《きょうがく》させられた。度肝を抜かれて驚声を上げる者。唖然と口を開ける者。東屋の正気を疑う者。手を叩いて笑う者。反応は十人十色だったが、東屋の提案を頭ごなしに否定する者は一人としていなかった。

当の私はと言えば、その提案に暫し呆れ返っていたものの。

――そうだよね、そうこなくっちゃ。

――何たって、あんたはガラクタの王様なんだから。

散々東屋の奔放さを見せ付けられたこともあり、吹っ切れたような苦笑で妥協した。

それから先の一ヶ月半は、私がこれまで過ごした夏休みの中でも最も地味で、最も濃密で、最も有意義なものとなった。

「設計図、作ってきたよ」

「……本当にやるんだね。これ、残りの夏休みで終わるの？」

「……正直、断言はできないよ。全部計画通り進んだとしても、一ヶ月そこそこででき上がるとはとても……」

「二人ともやる前からそんな弱気でどうすんだよ！　それじゃできるもんもできなくなっちまうだろ？」

「むしろ計画以上に進めるくらいに気合い入れてこーぜ！」

「そーだよ！　私達の底力ってヤツ、見せてやろーじゃん！」

土日以外はほぼ毎日のように学校に通い、私達は一心不乱に〝それ〟を作り続けた。

設計して、切断して、折り畳んで、組み立てて、塗装して、時には作り直しを強いられることもあって。

「あぁぁ、またやっちまった……！」

「どうしたの？　……あー、切り過ぎちゃったか」

「みんなごめん！　俺のせいでまた作り直すハメに……」

「ううん、作り直しはその通りだけど、これ別のパーツに使えるかも。とりあえず置いとこ」

「ほっ、本当か？　なんか俺、足手まといになってない……？」

「足手まといなんて、ここには一人もいないよ。ただ得意なことと苦手なことが違うだけ」

「終わったこと引きずってもしょうがないし、次どうするか、何ができるか考えよう」

それでも、投げやりになる者はいなかった。むしろ失敗を笑い合い、励まし合い、更にいいものを作っていくため団結はより深いものとなった。

その中心には、いつも東屋がいた。

「東屋ー、このパーツどうすればいい？」

「東屋君、今ちょっと手が空いてるんだけど、何かやることある？」

「ごめん、ちょっと来て東屋！　軽く緊急事態！」

全体の設計を東屋が担当していたというのもあるが、それ以上に東屋は指揮者としてムードメーカーとして、クラスメイトを盛り上げてくれた。偉ぶらず、取り繕わず、誰に対してもありのままに接する東屋を、クラスのみんなが慕うようになった。

「東屋、お前すげぇよな。ゴミ使ってロケット作るとかさ」

「そのロケット、俺も見てみたかったなー。そんな楽しそうなこと独り占めしやがってずるいぞ、このヤロー」

「えへへ、ありがとう。もう作る機会はないかもしれないけど、そう言ってくれるとあのロケットも浮かばれる気がするよ」

「また作る時は誘ってくれよ、協力すっからさ！」

「俺も俺も！どうせなら本当に宇宙に行けるくらいすげー奴にしようぜ！」

不格好で、泥臭くて、いわゆる格好よさからは程遠くて。

だからこそ一際輝く東屋の姿は、まさに〝ガラクタの王様〟だった。

教室で陰キャラっぽい東屋が溶け込めるかどうか不安もあったから、懸念が無事杞憂に終わってくれて私は安心した。

「東屋君ってさ、いいよね」

「……えっ、何が？」

「うーん、上手く言えないんだけど……クラスのために一生懸命なところとか、いつも明るく笑ってるところとか、それでいて嘘っぽくないところとかさ」

「あ、分かるー。イケメンとはちょっと違うけど、応援してあげたいっていうか、守ってあげたいっていうか」

「ウチもああいう弟ならよかったのになー」

「…………」

「嫉妬すんなって、美鈴」

「してねーッ！」

……あまりにも自然に溶け込んでるもんだから、ちょっとだけ微妙な気持ちになったりもしたけど、まぁそれはまた別の話。

「……市塚さん、どうしたの？」

「どうもしてない。東屋のほっぺたびろーんってしないと死ぬ病気に罹《かか》っただけ」

「いやそれどう考えてもどうかしてるし目が怖」

「お姉さんに口答えする悪い弟に育てた覚えはありませんわよ？」

「いだだだだだだだ」

東屋だけじゃない。クラスメイトの意外な一面を、私はこの夏休みを通してたくさん知ることができた。趣味、特技、性格、家庭事情、そして将来の夢。

「私さー、実は子供の頃、何でか分かんないけどゲームになりたがってたんだよね。キャラクターとかゲーム作る人じゃなくってさ。ぶっちゃけイミフじゃない？」

「あっ、それ私も！　幼稚園の時、ケーキ屋じゃなくてケーキになりたがってた！」

「えっ、本当に？　よかったー、私だけじゃなかったんだ！」

「いえーい！　これも何かの縁だし、記念に今度どっか遊びに行かない？」

私は、私以外の人生に、初めて本当の意味で触れたような気がした。

「おー、何だ何だ、楽しそうなことしてんじゃん」

「面白そー。ねえねえ、私達もちょっと混ぜてよ！　邪魔はしないからさ！」

「えっ、いいの？　違うクラスだし、そっちも文化祭の準備あるのに……」

「いーのいーの、どうせウチの出し物、一週間くらいでサックリできる系だから」

「クラスなんて学校がクジ引きで決めたグループ分けじゃん？」

無限とも思えた段ボールの山は、日を跨ぐ度に着実に減っていき。

まるで日めくりカレンダーのように、終わりゆく夏の日を刻んでいき。

「市塚さん、何作ってるの？」

「ふふん、秘密」

そして——その時がやってくる。

「ご覧ください！」

女性リポーターの興奮した声が、澄んだ空に響き渡った。

今年の文化祭は、校長曰《いわ》く高校創立から遡っても稀《まれ》に見るほどの大盛況だった。他校生や近隣住民は元より、町外、市外、ある一団に至っては県外から来たというのだから驚きだ。ココアを始めとする有志の生徒が、ＳＮＳで積極的な発信を行ってくれたお陰だ。

最大の目玉は、掲揚台の前に飛行機の如く堂々鎮座する、巨大なスペースシャトル。

東屋が製作を提案し、夏休みの大部分を費やして作り上げたのがこれだ。当初の私はプラネタリウム化した教室にロケットを数機配置する程度の考えしかなかったが、当然こんなものが教室に収まりきるわけがない。全長30メートル、高さ9メートルという約二分の一スケールではあるものの、細かい所まで塗装を行っている上、掲揚台をベースにした発射台や補助ロケットまで作るという凝りようであるので、遠目にはとても段ボール製とは思えない仕上がりとなっている。

なお、スペースシャトルの飛行機部分（オービタというらしい）は実際に内部に入れるし、計器やコックピット、個室、エンジンルーム、宇宙服まで展示するという凝りようだ。この辺の小物に関しては要らなくなった時計やポリタンク、ホース、ヘルメットといった使えそうなガラクタを各々持ち寄って作られている。一斉に入られると流石に損壊の危険が伴うため、一定の入場制限は設けたけど。

完成形を目の当たりにした私は、少し泣きそうになった。結局、私のクラスメイトは最後まで投げ出したりしないどころか、他のクラスの生徒達に声を掛け、更なる協力を募ってくれさえした。人が人を呼ぶスペースシャトル製作は、全くと言っていいほど人員過多による衝突や混乱を引き起こすことなく、奇跡的な加速度で完成まで漕《こ》ぎ着《つ》けることができた。

「何の変哲もない校庭に、なんと一夜にしてスペースシャトルが出現しました！　地域の皆さんもご覧の通り大勢集まり、ちょっとしたお祭り騒ぎの様相です！」

製作途中に屋外に放置するのは雨に晒《さら》される危険を伴うため、スペースシャトルは東屋の設計図に従ってパーツごとに作り、使っていない教室や部室、体育館の二階部分などを有効活用して保管した。そして文化祭前日と当日の朝一に、総出で組み立て作業を行ったのだ。東屋としては雨を回避する目的以外にも、いきなりロケットを出現させて驚かせたいという思いもあったみたいだけど、その目論見も見事的中してくれたみたいだ。

ともあれ、今年に限っては眩しい太陽に感謝せねばなるまい。当日に雨が降ったら全部台無しになるところだった。

「まさかこの学校は、政府が極秘に設立した宇宙開発の秘密基地なのでしょうか!?　真実を探るべく、スペースシャトルの製作者にお話を伺いたいと思います！」

芝居掛かった台詞の後、スペースシャトルを背に立つ東屋に、リポーターのマイクとテレビカメラが向けられる。

「プロジェクトリーダーの東屋智弘君！　スペースシャトル製作という大仕事を成し遂げた、今の感想は!?」

「あっ、いやっ、僕は何も……みんなの力があったから、完成まで漕ぎ着けて……」

目をあちこちに泳がせ、口ごもる東屋はとても見るに堪えない。

助けを求めるような目を向けられた私は、平然とカメラの範囲内に躍り出て、東屋の肩に腕を回して言った。

「もー東屋、『この俺が愚民どもを導いてやったんだぜ』くらい言えないの？」

「いっ、言えるわけないじゃん、そんなこと！」

まぁ言えるわけないわな、言ったら多分張っ倒すし。

ちょっとだけいつもの調子を取り戻した東屋に、私は百パーセントの善意をもって畳み掛ける。

「残念ながらこれは飛べないけど、次は宇宙に行けるくらいすごいの作るんだよね」

「いっ、市塚さん！　今そういうこと言わなくたって……」

「約束だもんねー、地球製の宇宙服を着て日本語を話す宇宙人とのねー」

「なになにー、これ映ってんのー？　中継ー？　ライブー？　全国区ー？」

「まだまだ文化祭は続くから来てくれー！　できれば体育祭もー！　主に女の子ー！」

「あっ、ちょっと君！　そこベリッってやったらダメだって！」

「皆様、それでは聞いてください。ポルノグラフィティで〝アポロ〟」

「えー私共としましてはですね、この機会にですね、現在中学生の方々にですね、我が校の素晴らしさを知って頂いてですね、四月の入学式にお会いできればですね……」

「こっ、この展示は文化祭終了の九月十五日まで行われる予定とのことです！　ご興味のある方は是非是非見に来てくださーい！」

迸《ほとばし》るカオスに耐え切れなくなったらしいリポーターさんは、強引に中継を打ち切り、逃げるようにカメラマンと離脱した。この程度で音を上げるとは軟弱者め。

私達は一様に顔を見合わせ、示し合わせたように噴き出した。

シャトルを一目見んとする人波は衰えるどころか、テレビの影響もあって増加の一途を辿り、かなり頑丈に設計したシャトルは最終日にはすっかりくたびれてしまっていた。疲労困憊《ひろうこんぱい》なシャトルの悲鳴が聞こえてくるようで、私は彼を労うべく外装を撫でて「お疲れ様」と言ってあげた。

文化祭最終日、私達のスペースシャトルは表彰式で最優秀賞を受賞し、東屋が満場一致の代表として表彰状を受け取った。賞を受け取る東屋は、インタビューを受けた時とは別人のように落ち着いていた。まぁ、流石にあんだけたくさんの人と関われば嫌でも慣れるだろう。

表彰式後、私達は夕暮れの中でスペースシャトルを解体し、キャンプファイヤーを行った。

『自然に壊れるまで校庭に残そう』という意見も根強くあったのだが、意外にも解体を強く望んだのは東屋だった。みんなの協力にはすごく感謝しているし、残したいという気持ちも痛いほど分かる。その上で、僕達は区切りを付けなければならないと、そう言ったのだ。

解体を望む東屋の気持ちは、私にも何となく分かった。文化祭のために作られたシャトルは、文化祭が終わった時点で役目を終えるべきなのだ。壊れゆくシャトルに縋らずとも、私達がこれまで築いた絆《きずな》は、これからずっと残り続けるのだから。

壊し方を取り決めていたわけではないけど、派手な体当たりや踏み付けでぶち壊す者は一人としていなかった。そうしたところできっと誰も咎《とが》めなかっただろうが、自分達の手で作り上げたシャトルをみんな労《いたわ》るように丁寧に分解し、一箇所に集めた。夕暮れ時に笠本先生が火を付ける瞬間、啜り泣いていた者は、一人や二人ではなかった。

私はその中の一人ではなかったけど、東屋も泣いていなかったのは少し意外だった。

「……分かってたけど、寂しいね」

煌々《こうこう》と燃《も》え爆《は》ぜるシャトルを見、私は傍らの東屋にポツリと呟いた。

東屋は頷き、目を瞑る。

「うん。でもね、これでよかったんだと思うよ」

瞑目《めいもく》する東屋の姿は、燃え尽きるシャトルを見たくないというより、旧来の友人を弔っているかのように見えた。

私は直感した。東屋が今、あのロケットの冥福を祈っていると。この大きなシャトルが、あの小さなロケットの導き手となることを願っていると。

「ガラクタロケットじゃ宇宙には行けない。だけど、宇宙に行けなかったからって、頑張った過程が全部無駄になるって決まったわけじゃない。逆に簡単に宇宙に行けたからって、それでその人が本当に心から達成感を味わえるとは限らない」

開けた東屋の目に、燃え盛る炎が映し出される。

黒の瞳孔と茶の虹彩《こうさい》、白の強膜に赤の炎が交じり合い、その目には不思議な色が宿っていた。

「『叶ったか叶わなかったかなんて大した違いじゃない』って言葉、本当はちょっとだけ強がってたんだ。だけど、今は本気でそう思ってる。この夏休みにみんなでやり切ったこと、僕は絶対に一生忘れない」

東屋は噛み締めるようにそう言い切ると、突如として私に顔を向け、抑えた声で言った。

「市塚さん、見せたいものがあるんだ。この後、僕と一緒にあの場所まで来てくれないかな？」

「……奇遇だね」

唐突な東屋の申し出に、私は真剣な表情と声音をもって応じる。

「私もちょうど、あんたに用があったんだ。二人きりになれる場所でね」

「……えっ、何？」

目を丸くする東屋にそれ以上何も言うことなく、私は未だ燃え盛る炎に視線を戻す。

東屋の狼狽が隣を見るまでもなく伝わってきて、何となく可笑しくなった私は、それをごまかすように大袈裟な伸びを一つした。

キャンプファイヤーが終わり、あの雑木林に着く頃には、もうとっぷりと日が暮れてしまっていた。

しかし、東屋は鞄の中から取り出した懐中電灯を用い、迷わず林の中へと踏み入って行った。随分と準備がいいな、と驚き呆れながら、私は東屋が照らす道を続けて歩く。

辿り着いた空き地の中心に立ち、東屋はしたり顔で問うてくる。

「どう?」

何が、と訊き返す前に、東屋は懐中電灯を消して夜空を見上げる。

彼に倣って顔を上向けた私は——眼前に広がる光景に、思わず息を呑んだ。

夜空の星ならこれまでいくらでも見てきた。けれど、ここで見る夜空と星は、まるで別世界のような密度と輝きを誇っていた。

淡く輝く三日月を中心に、大小色取り取りの星が我も我もと瞬いている。しかし、無秩序な乱雑さは不思議と感じられず、彼らは散りばめられた中で絶妙なバランスを保っているように見えた。例えるなら夜空というステージに整然と並び、月明かりの指揮で星々が規則的に瞬いているような、そんなある種の完成された総合芸術。

周囲に余計な光がないため、普段は見えない小さな星までくっきりと浮かび上がっている。私の頭上にいつもこれほどたくさんの星が存在しているのかと思うと、何だか奇妙というか、落ち着かない気分だった。

「……すごく、綺麗」

溜息が出るような美しさだった。何かに感動して溜息を吐いたことなんて、生まれてこの方なかったような気がする。

「ふふ、すごいでしょ。僕の秘密基地なんだ、ここ」

「まぁ、もう基地っぽさはどこにもないけどね」

慣れ親しんだガラクタ山が傍にないことに、私は不本意ながら少し物寂しさを感じていたけれど、当の東屋は本当に心の整理を付けたようだった。

「それでもいいんだよ、男の子はみんな秘密基地が好きなんだ。……どうしたの？」

「ううん、何でもない」

私の思い出し笑いに東屋が不思議そうに尋ねてきたが、私は首を振って受け流した。

ひとしきり心を落ち着けてから、私は東屋に訊いた。

「あんたが授業中によく寝てたの、ここでこれを見てたからなの？」

「毎晩来てたわけじゃないよ。親も心配するし、まぁ時々」

……時々は来てたんかい。親御さんも大変だな、こんな子を持って。

ふと、東屋は右掌《みぎてのひら》を広げ、満天に向けて目いっぱいに腕を伸ばした。

「それに、ここにいると手を伸ばせば届きそうなくらい、宇宙がすごく近くにあるように感じてさ。いつかあの日の宇宙人に会えるような……そんな気がするんだ」

気持ちは分かる、こうして見上げていると、確かに宇宙が目の前に迫ってくるような、そんな臨場感に満ち溢れている。

だけど、視線を下ろして傍らの他人《東屋》を見れば、それがただの都合のいい幻想であるということを思い知らされる。

爪先立ちで手を伸ばす東屋、すんげぇバカっぽい。まぁバカなんだけど。

「あんたがちっちゃすぎて見えないだけじゃないの？」

私が夢もへったくれもないそんな皮肉を飛ばすと、東屋は手を引っ込め、恨めしげに私を一瞥した。

「……市塚さんが大きすぎるだけだもん。そもそも宇宙から見たらそんな変わんないじゃん……」

いじけて頬を膨らませる東屋はまるでハムスターだ。変幻自在だな、東屋のほっぺた。

「怒んなって。宇宙人さんがちっこい東屋を見つけられるように、いいもんあげるからさ」

私は苦笑を零しながら通学鞄を探り、取り出したものを東屋に差し出した。

「ほら、王冠」

それはまるで絵本に出てくるような、ステレオタイプの王冠だった。

黄金の冠の上部分には放射状のギザギザが象《かたど》られていて、その先端は宝石のように丸く、様々な色に光り輝いている。もちろん本物ではなく、段ボールと絵の具と姉から（勝手に）拝借したマニキュアで作った贋物《にせもの》だ。

しかし、東屋はその王冠を見るや、王冠以上に目を輝かせて大切そうに受け取った。

「えっ、これ僕がもらっていいの!?　わー、ありがとう、市塚さん！」

「……うん、どういたしまして」

一応手間は掛かっているわけだから、喜んでもらえるのは嬉しいんだけど、予想以上に喜ばれたせいで逆にどう反応するべきか分からなくなってしまった。手間掛けたっつっても、三十分くらいでサクッと作ったヤツだぞ、それ。

東屋はまるで本物の王冠のようにそれを矯《た》めつ眇《すが》めつし、嬉しそうに頭に載せた。

「どう？　似合う？」

「似合ってる似合ってる。いかにもガラクタの王様って感じ」

私は小さく拍手し、わざと皮肉っぽく応じてみせた。サイズについてはかなり適当に見積もっていたんだけど、思った以上に東屋の頭にフィットしてくれている。

王冠を被った東屋は、傲慢な素振りでこれ見よがしに胸を反らす。

「ふふふ、ガラクタと言えど侮るなかれ。王様の命令は絶対なんだよ？」

やけにハイテンションな東屋と対照的に、私は落ち着き払った声で一言。

「ノブレス・オブリージュだよ」

「の、のぶ……？」

聞き慣れない言葉にキョトンとする東屋に、私は噛み砕いて説明した。

「ノブレス・オブリージュ、つまり位高ければ徳高きを要す。その王冠を被ったからには、まずはあんたが相応の誠意を見せることだね」

東屋はまず頭上の王冠を見、次に私を見、最後にぱちぱちと目を瞬く。

「……あれ、もしかして僕、嵌められた？」

私は敢えて何も言わず、穏やかに東屋を見つめるだけに徹する。

王様の威厳はどこへやら、東屋は慌てた素振りで私に弁解してきた。

「ちょっ、ちょっと待ってよ。誠意なんて言われても僕、何も大したものあげられないし……」

慌てふためく東屋が可笑しくて、私は思わず小さく噴き出してしまった。

その王冠も相当大したもんじゃないけどな。ベース段ボールだし金メッキですらないし。

「別に物とかお金なんていらないよ。私、ずっとあんたに訊きたいことがあったの。それに正直に答えてくれればいいだけ」

私は東屋に歩み寄り、その目をまっすぐ覗き込む。

「ねぇ、東屋」

「なっ、何？」

緊張した様子の東屋に、私は一思いに訊いた。

「心臓の病気で長く生きられないって、本当なの？」

刹那《せつな》に吹いた強い夜風が、ハリボテの王冠を掻《か》っ攫《さら》う。

私の頭上に、流星群は今日も見えない。

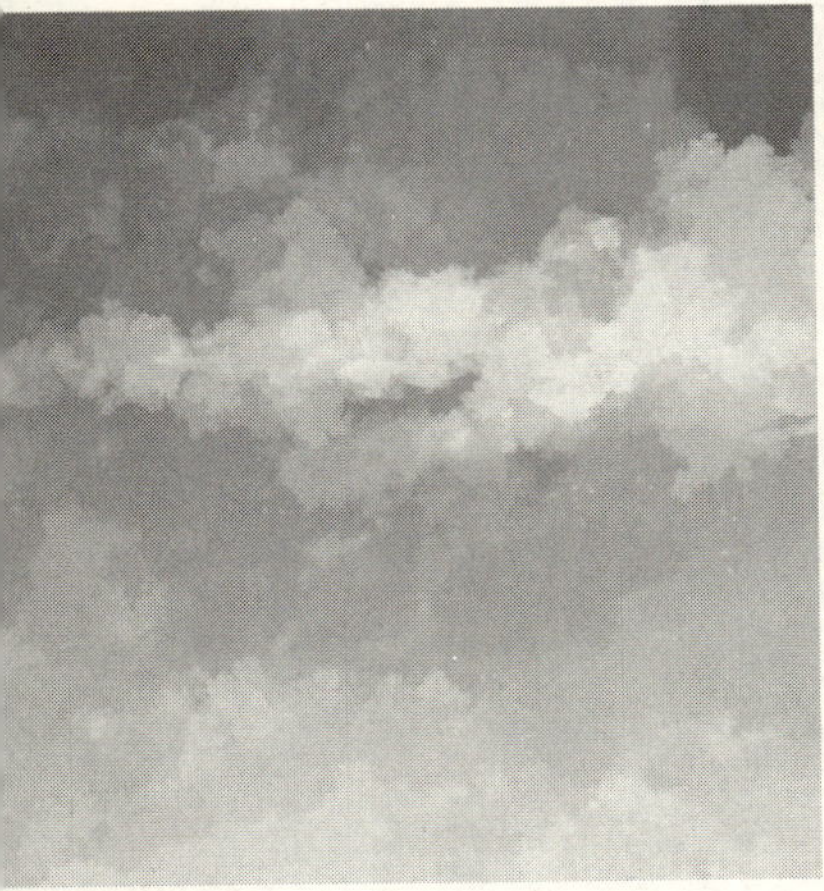

6 ボン・ボヤージュ

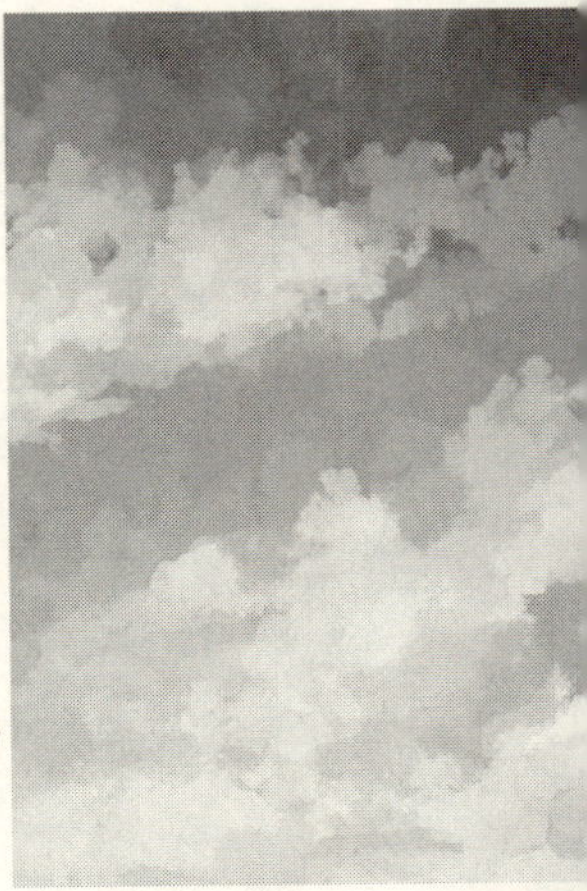

konosora no uede
itsumademo kimi wo matteiru

取り留めのない昔話になるが、小学生の頃、私は姉に憧れていた。

私に限らず、大抵の人間にとって姉や兄といった存在は、少なくとも幼少期に関して言えば尊敬の対象になると思う。身体面でも知識面でも、子供時代は数年の差が非常に大きい。当時の私にとって、何を訊いても即座に答えてくれる姉は紛れもなく天才だったし、そんな彼女の妹である私も、特別な存在だと信じて疑わなかった。姉が中学校に進学した時なんかは可憐《かれん》な制服姿に強く憧れ、こっそり制服を借りては、鏡の前で決めポーズを取ったりなんかもしたものだった。

そんな勝手な憧れが打ち砕かれたのは、私が中学校に通学するようになってからだ。別に魔法少女になれるとか思っていたわけではない。それでも、中学校という未知の世界に通うにあたり、何か特別なことが起こるのではないかという期待は少なからずあった。当然ながら、そんなものは起こる気配すら皆無だった。私は普通に勉強し、普通に部活をし、普通に友達と駄弁ったりする普通の中学校生活を送っていた。同じ制服を着ていると、クラスメイトの数が異様に多く感じられる。

授業中、そんな彼らを横目で見ながら、私は何となく悟った。

私と同世代に絞っても、世の中には掃いて捨てるほどの人間が存在している。そんな有象無象の一人に過ぎない私や姉が、特別な存在であるわけがないのだ——と。

これから先、然るべき私の人生が然るべくして続いていく。驚きも喜びも、全て限られた可能性の中で収束しながら。そう考えると、私は人生というものが途端につまらないものに思えて仕方なくなってしまった。

それから私は、より真剣に勉強に取り組むようになった。特別な才能はなくとも――いや、ないからこそ、少しでも自分の価値を高める必要があると思ったから。他人の気まぐれで気軽に使い捨てられるような代用品にはなりたくなかった。そんな私の努力は功を奏し、見る見る内に成績を伸ばしていった。

分かることが増えると、分からないことも増えるものだ。

例えば、高校に進学した姉が、どうして毎日能天気に過ごすことができるのか――など。

『お姉ちゃん、もう高校生なのにそんな風でいいの？』

夜八時を回ってようやく帰宅した姉を、私は冷ややかな声で迎えた。中学時代の姉の成績を優に上回っていたこともあり、既に私の中では、姉と自分の優劣関係が綺麗に引っくり返っていた。

姉は私の声音などお構いなしに、対照的な上機嫌さで応える。

『高校生だからこそでしょ。一度きりの高校生活なんだから、遊びも勉強も全力でやらなきゃ』

予想していた答えに、私は聞こえよがしの溜息を吐いた。どこをどのように見積もったら、姉が遊びと同程度に勉強に励んでいるように見えるのか、逆に教えてもらいたいくらいだ。

高校生というのは特別なイベントでも何でもない。大抵の人間が経験する人生の通過点だ。どうせ大学生になったら、一度きりの大学生活がどうたらこうたらと言い出すくせに。

いつまで子供じみた特別感を持っているのかと、私の声に刺々しさが宿る。

『そんな呑気なこと言ってる場合？　今じゃ大企業でさえ過労死だの粉飾決算だので立ち行かなくなってる所もある。少子高齢化で限界自治体なんてのも次々出てきてる。年金だって支給がどんどん先延ばしになって、私達の時代にどうなるか分かったもんじゃない。もう就職とか結婚さえすれば、死ぬまで安泰なんて時代じゃないんだよ。お姉ちゃんが将来路頭に迷ったって、私は知らないよ？』

厳しい口調で並べた私の小言を、姉はヘラリと笑いながら一言で往《い》なす。

『もー、美鈴は心配性だなー。大丈夫、お姉ちゃんは将来のこと、ちゃんと考えてるから』

純粋に姉のことを慮《おもんぱか》っているにも拘らず、まるでこちらを下に見たような言葉遣いが腹立たしく、私はつい冷たく言い放ってしまった。

『……は？　私より偏差値低いくせに何言ってんの？』

その後、私と姉がどんなやり取りを交わしたのか、私ははっきり覚えていない。だけど、それが姉と私の確執の始まりだったことは、もはや推測するまでもないことだ。身の程知らずな夢だとか目標だとかに対し、必要以上に斜に構えた見方をするようになったのも、それからだったような気がする。要するに『私より能力が低いくせに夢見事を言うな』という理屈――もとい暴論だ。

間違ったことを言ったつもりはない。当時の姉が将来に関してあまりにも楽観的だったのは、今思い返してもその通りだと思っている。面倒事を次から次へと先送りにしているような姉の生活態度は、当時の私にとって嫌悪の対象だったし、ちゃんと自立できる大人になってほしいという切実な願いも少なからずあった。自分の兄弟姉妹が堕落するところなんか、誰だって見たくないだろう。

とは言え、姉に言い過ぎたと思う感情もまた、ないわけではなかった。しかし、当時の姉はその時のことを根に持っている様子はなく、また私にも少なからずのプライドがあったために、結局ずるずると先延ばしにしながら、記憶の片隅へと追いやってしまった。

今になって思うと、私は本質的なところで、小馬鹿にしていた姉と同類だったのかもしれない。姉への優越意識が強くなりすぎたせいで、私は自分自身を客観的に見られなくなってしまっていたんだ。

懸念や蟠りを先送りにしても、ロクなことにならない。

そんなありふれた教訓は、とっくの昔に使い古されていたというのに。


そして、話は一ヶ月ほど前に遡る。

ガラクタとロケットが撤去され、私がすっかり意気消沈していたあの日。

「美鈴ってさ、本当に変なところでバカだよね」

放たれた姉の言葉は、いつものようにおちゃらけた調子ではなく、私に対する怒りのようなものさえ内包しているように聞こえた。

なぜこの話題にそこまで拘るか分からず、戸惑いを隠せない私に、姉はいつになく強い口調で捲し立てる。

「ねぇ、あんたはその子が本当に、ただの気の迷いでロケットを作ってると思ってんの？　そんだけの熱意を目の前で見ておきながら、今しかできない、今やらなきゃならない深い理由があるかもしれないって、何で考えようとしないの？」

「今しかできない……今やらなきゃならない……？」

姉の剣幕に圧倒され、私は辛うじて聞き取れた言葉を復唱することしかできない。

姉の疑問については、私もこれまで散々抱いてきた。だけど、それはもう知っている。私が東屋を張っ倒した雨の日に、東屋を脅すような形で直接訊いたのだから。

そもそも、それは姉に対して説明だってしたはずだ。

「だって……今年は流星群がよく見えるから……流星群が見える年は、宇宙人が近付くサインかもしれないって……」

言いながら、私は胸が奇妙にざわついたような気がした。

確かに私は、東屋からそう聞いた。だけど――

「それ、ちゃんと自分で調べたの？」

私の不安の元凶を、姉は見透かしたように言い当ててみせた。

絶句する私に、姉は続けて畳み掛ける。

「流星群が今年はよく見えるって、その子はどっからそんな情報を仕入れてきたの？」

私は投げ捨てたスマホを引っ摑み、ブラウザを起動した。

震える指でフリック入力し、流星群についての情報を集めようとする。しかし、今年見える流星群の種類や時期についての情報こそあるものの、数年に一度の記録的な観測が見込まれるというような内容は見当たらない。

丸々一ページ分の検索結果を確認し終える頃には、私の鼓動は倍近くまで加速していた。

「何で……じゃあ何で、東屋はそんなこと……」

「あんたは何でだと思うの？」

焦燥に喘《あえ》ぐ私に、姉はこの上なく冷静に、冷淡に問い返す。

「美鈴、自分で言ってたでしょ。奇跡的にロケット作りが全部上手くいって、本当に宇宙に行けたところで、帰って来れないし死ぬんだよ。じゃあ何でその子は宇宙飛行士を目指そうとせずに、わざわざ高校生の今、宇宙に行く必要があったの？」

嘘だ。

——大人になることって、あんまり想像したことなかったから。

嘘だ。嘘だ。

——それに、何だか大人になるまで待ってられなくてさ。

だって、東屋は。

——じゃあ、あんたは今、どんな生き方を想像してるの？

——あはは、それは意地悪な質問ってヤツなんじゃない？

だって、東屋はそんなこと、たったの一回だって。

——宇宙飛行士候補者選抜試験がダメで、独学のロケット打ち上げならできるという自信の根拠がよく分からないけれども。

あいつはいつも、お気楽に笑っていて。

——……呑気なもんだよね。私はあんたが将来ゴミ屋敷の主人か何かにならないか心配してるってのに。

——あはは、そんなのなるわけないじゃん。

能天気で、楽観的で、ロケット作りもただ向こう見ずに始めただけで——

——死んででも見たい何かがあったんじゃないかって、そう思うんだ。

否定しようとすればするほど、東屋との会話が脳裏に蘇る。

東屋の言動が、対する私の感想が、全てがそれを裏付ける証拠となってしまう。

憶測は憶測だ。姉の推理が的中していない可能性だってある。けれど、その可能性に至ることさえできなかったという事実が、私にとっては致命的だった。

「……いつから、気付いてたの？」

「たった今」

低く唸るような声で問う私に、姉はこちらの感情などお構いなしにあっさり答える。

「別に確信してたのに隠してたとかじゃないよ。私はエスパーでも意地悪でもないもん。だけど、あんたはその子のことを、少なくとも私よりは詳しく知ってる。そんなあんたと私が同じ結論に至ったんなら、つまりそれが答えでしょ」

——へー、宇宙人と流星群ねぇ……まるで御伽噺だね。

過去の姉の白々しい言葉で、私の頭にカッと血が上った。

「何で⁉」

私は椅子を蹴って立ち上がり、姉の胸ぐらに掴みかかった。

私をバカにするのは構わない。私が、自分で思うほど頭がよくないなんてことは、もはや散々思い知らされたことだ。

だけど、たとえ確信を持たずとも、薄々でも気付いていたのなら——

「どうしてもっと早く話してくれなかったの、お姉ちゃん⁉」

もっと早くその可能性に言及してくれたなら。そうまでいかずとも、あんなガチャガチャがどうだとか、話をややこしくするようなことを言わなければ。

しかし、私の必死の抗議にも、姉の反応は柳に風。

「仮に私が話してたら、あんたはちゃんと耳を貸したの？」

言い募る私の手を、姉は迷惑そうに払い、冷たく言い放った。

「今更他人《わたし》のせいにしなさんな。これはあんたがすぐに理解できないものを、そのまま理解しようとしなかった、自分自身《あんた》が招いた結末でしょ」

その目には妹に対する同情どころか軽蔑の色さえ窺え、そこで私は初めて気付いた。

――私はバカじゃないから！　私以外が全員バカなだけだから！

姉が私に話さなかったんじゃない。私の方が、これまでずっと、姉と距離を置いていたんだ。私は周りの凡人とは違う、群れたり馴れ合ったりしなくても一人で生きていける……そんな幼稚な思い上がりが私の視野を狭め、また姉と真剣な言葉を交わす機会も奪ってしまったんだ。

つまり、この現状はそもそも私が望んだ末に生まれたものだ。それを都合が悪くなった途端に姉に責任転嫁など、自己中心的《ジコチュー》と言わずして何と言う。

姉は悪くない。悪いのは……全部私だ。

改めて気付かされた自分の愚かさに、足元がふらつくほどの眩暈《めまい》がした。

力なく胸ぐらから手を離した私の額に、姉は人差し指を押し付ける。

「で、どうすんの？　また私のせいにして逆ギレでもするの？　今更そんなこと知ってもどうしようもないって、知らない振りでも決め込むの？　何も知りたくない、関わりたくないって、目を瞑って耳を塞いでベッドに転がって、全部終わってくれるのを黙って待つの？」

姉の言葉は触れた人差し指を通し、脳に直接響くように聞こえた。

提示された選択肢に、心が揺れる。

これだから他人と深く関わるのは嫌だったんだ。私がいくらちゃんとしてても、私の周囲は勝手に面倒なトラブルばかり持ち寄ってくる。全て姉のせいにすれば、苦しまなくていい。何も知らなかったことにすれば、傷付くことはない。

これまでと同じだ。これまで通りに、無難に適当にやり過ごしてしまえば、私は何も――

――ありがとう。やっぱり優しいんだね、市塚さん。

「まだ全部が決まったわけじゃないでしょ」

脳裏に東屋の言葉がよぎったのと、姉が額から指を離したのは、ほぼ同時だった。

「ここから未来《さき》を決めるのは、あんたなんだよ、美鈴」

その日、私は夏休みの学校を訪れ、体育館に向かっていた。

館内では女子バスケ部が、汗にまみれて一生懸命に練習に取り組んでいる。邪魔にならないようそっと踏み入ったが、大会が近いのか私のことなど誰も気にも留めていないようだ。

練習の合間のタイミングを見計らい、私は腕組みして指示を飛ばす笠本先生に近寄り、声を掛けた。

「笠本先生」

「おっ、どうした市塚？　お前もバスケやりたいのか？」

私の姿を認めた先生は気さくに返事したが、続く私の言葉でその表情に影が差す。

「東屋から聞きました。例の病気のことで、少し話があるんですけど」

「例の……そうか。場所を変えよう」

先生は部員達に一声掛けた後、私を連れて体育館の入り口まで移動した。

分厚い扉の陰に隠れるように立ち、周囲に誰もいないことを確認してから、先生は頭を掻いて独り言のように呟く。

「そうか、東屋はお前に話したんだな。やっぱりあの熱中症はまずかったんだろうな……しかし、誰にも話すなと口止めされていたはずなんだが……」

「やっぱり、そうなんですね」

私は先生に一歩詰め寄り、そう言った。

最悪だ。あんな猿のザル推理なんて、外れてくれればよかったのに。

「え？……あ、」

先生は一瞬、私の言葉の意味が分かっていないようであったが、直後にその顔からサッと血の気が引いた。

その反応で揺るぎない確証を得た私は、先生のジャージの襟元を摑んで問《と》い質《ただ》した。

「教えてください！　東屋の病気って、何なんですか⁉」

東屋が『笠本先生はいい先生』と言ったのは、自分に対して無関心だったからじゃない。自分の病気のことを誰にも話さず、ある程度の自由を黙認していてくれたからだったんだ。冷静に考えてみれば、あの東屋が無関心という理由をもって『いい先生』なんてカテゴライズをするわけがない。あいつの基準ではそもそも大抵の人間が善人なのだから。

私の罠《わな》にまんまと引っ掛かった先生は、狼狽しつつも懸命に話題の転換を試みる。

「いっ、市塚！　お前、教師に鎌掛けるとは、そんな不良生徒に教育した覚えは――」

「笠本ォォォ――――ッ！！！」

業を煮やした私は鉄の扉を拳で殴り、高らかに吼《ほ》えた。

「んなこたァ今どうだっていいだろうがァァァ――――ッ！！！」

体育館や運動場の掛け声が消え、吹奏楽部の演奏が止まった。

セミは鳴くのを中断し、木の葉のそよぐ音さえ聞こえない。

そんな嵐の如き大爆音を間近で食らった先生は、魂が抜けたように口をポカンと開けていた。

自分でやっといてアレだけど、私の拳と耳もかなりジンジンしている。私は痛む右手を揉みほぐしながら、冷静な声で繰り返す。

「どうでもいいんですよ、そんなことは今」

「……はい」

笠本先生は私の咆哮《ほうこう》ですっかり委縮してしまったようで、一転して素直な受け答えになった。これでも女子高生の端くれ、隙あらばのカラオケで鍛えられた肺活量をナメるな。

私は短く息を吐き出し、思考を切り替えて言った。

「先生、意味のないやり取りは抜きにしてください。仮に先生が何も言わなくても、私、もう大体察しているんです。だけど、私はあくまで真実が知りたい。下手なごまかしは却って東屋を傷付けることになる……少なくとも私は、そう思います」

普段がいくらそそっかしく見えていても、笠本先生はれっきとした責任ある大人だ。生徒が怒鳴って全て暴露するほど、教育に掛ける想《おも》いは軽薄ではないはず。だったら私は、その想いを上回る信念を先生にぶつけなければならない。

それくらいのことができなければ、永遠に東屋と同じ舞台になんか立てっこない。

先生は暫し、覚悟のほどを確かめるように私をじっと見つめていた。その視線からは保身や事後処理ではなく、純粋に私を案じてくれていることが伝わってくる。

「……本当に、いいんだな？」

徐に口を開いた先生は、厳粛な声で承諾を求めてきた。

答えなんか決まり切っている。それでも、改めて質問としてぶつけられると、私は喉に何か詰まったように声を出すことができなかった。豪快ながらどこか子供っぽい笠本先生の、滅多に見ない深刻な表情が、後戻りを許さないことを私にありありと伝えてきたから。

私は一旦口を閉じ、躊躇いを振り切って一息に言い切った。

「意地悪な質問ってヤツですよ、それは」

口から出たのは、奇しくもかつての東屋と同じ台詞だった。


月明かりの空き地で、私と東屋はじっと対峙《たいじ》していた。

先に動いた方が負ける——そんな決闘じみた緊迫感さえあった。いつも能天気な東屋の全身からは、研ぎ澄まされた気迫さえ感じられるようだ。その気迫に圧倒されないよう、私は引いた左足にそっと力を込める。

無言の応酬が、たっぷり三十秒も過ぎる頃。

「そっか。笠本先生、喋っちゃったんだね」

先に動いたのは、東屋智弘だった。

視線を下に向け、東屋は溜息を吐く。釣られるように詰めていた息を吐き出した私は、問う前より倍増した虚しさを、言葉にして東屋にぶつけた。

「……否定、しないんだね」

「知られたくなかったけど、長続きはしないと思ってたよ。市塚さんって頭いいから」

苦笑交じりにそう言う東屋に、私は力なく首を振る。

いいわけがあるか。あれだけ東屋と一緒にいたのに、あれだけ沢山のヒントがあったのに、私はずっと気付かなかったんだ。少し冷静に考えれば、すぐに気付けたはずなのに。その証拠に、姉は私より先に勘付いていたというのに。

私は……宇宙一の大バカだ。

「何で話してくれなかったの？」

私の直球の質問に、今度の東屋は即座に応じた。

「同情されたくなかったんだ。市塚さんやクラスのみんなには、あくまで普通のクラスメイトとして、対等に接してほしかった」

「……あんたが普通のクラスメイトとか、何かの冗談でしょ」

「あはは、本当にね」

『あはは』で済ませるな、『あはは』で。この状況で何でそんなに楽しそうなんだ、あんた。

……だけど、これで合点が行った。熱中症になった時に東屋が救急車を呼ぶのを止めようとしたのは、それによって病気のことを私に知られたくなかったからなんだ。ガラクタが撤去された後のラッキー発言は、私に病気のことが伝わらなかったことを指していたんだ。

あんな風に死にかけてまで、東屋は秘密を守り抜こうとしたんだ。チビでバカで泣き虫で、それでもガラクタの王様なりの矜持《きょうじ》を貫くために。

「初めはね、そんなに大した病気じゃなかったんだ」

東屋は風に飛ばされた王冠を拾い上げ、胸元に抱えて口火を切った。

静かな語り口がもたらす予感に、私の全身に緊張が走る。

「生まれつき心臓の力がちょっと弱くて、簡単に息切れしたり、すぐに疲れて眠くなっちゃうくらい。思うように運動できないせいか、体もあんまり大きくならなくってさ。完治は難しいって話だったから親は心配してたけど、友達も病院の先生もよくしてくれたし、僕はそんなに不幸だとは思ってなかったよ。ちゃんと病院に通って、適切な治療を受け続ければ、普通の人と同じくらい生きられるって先生も言ってくれたし……何より、宇宙人との約束もあったしね」

東屋の口調はどこまでも穏やかで、言い方を選ばないなら他人事のようで、その話が東屋自身の過去であることを忘れてしまいそうなほどだった。

東屋の話は続く。

「だけど二年前、僕が通っていた病院で外科部長を務めていたお医者さんが、僕の手術を持ち掛けたんだ。手術に成功すれば、僕は他の子と同じ普通の生活を送れるようになるって。主治医の先生は難しい手術だからやめた方がいいって意見だったし、僕の両親も同意見だった。僕はしばらくどっちつかずだったんだけど、その外科部長さんはすごく積極的に手術を勧めてきて、色々話す内に宇宙飛行士を目指してることを喋っちゃってさ……」

東屋はそこで言葉を切り、ばつが悪そうに苦笑いした。

「『このままじゃ君は一生宇宙飛行士になれない』っていう言葉が、僕にとって決定的だった」

自分のことではないのに、私は頭がカッと熱くなるのを感じた。

確かに宇宙飛行士の募集要項には、訓練に充分な体力や宇宙空間での任務・生活に耐えられる健康体が必須条件としてある。だからってそんなこと、普通子供に言うか。百歩譲って『君が宇宙飛行士になるための協力をさせてほしい』だろ。

今でこそ東屋は柔和に語っているけれど、想像するには難くない。

彼のその言葉は、きっと東屋が最初に味わった〝絶望〟だ。

「結果は失敗。僕の心臓は治らなかったどころか、術後に〝心内膜炎〟っていう心臓にウイルスが感染する病気を併発した。病院側は充分すぎるほどの見舞金を用意して、その外科部長さんも解雇処分にされたけど、建前としては最後まで『執刀体制に手落ちはなかった』『施術と発症にはっきりした因果関係は認められなかった』の一点張りだった……まぁ早い話、よくある医療ミスって奴だよ」

有り体に言うなら、それは予想していた結末だった。

ただ、東屋の口から揺るぎない事実として聞かされると、その衝撃は特段のものに思えた。最初こそ冷静に受け止めていたけれど、その恐ろしさが段々と増幅されていく……水に落としたインクが時間と共に広がっていくような、そんな感覚。

「……それって、そんなに危ない病気なの？」

「手術とか抗生物質が有効なケースもあるらしいけど、僕の場合、やっぱり手術直後の併発ってのがまずかったみたい。長時間の再手術や強力な薬は弱った体に余計な負担を掛けることになっちゃうから。元の病気との相性もあんまりよくなかったみたいで、去年の時点で宣告された僕の余命は五年……っていうことになってる」

東屋は肩を竦め、至って平然と嘯《うそぶ》く。

「多分、親が言わせてる嘘。何となく分かるんだ。僕はもう、そう長く生きられないってこと。だから僕は、このままベッドで死ぬくらいならって思って、症状が落ち着いた後で入院生活をやめることにしたんだ。そしてどうにかして宇宙に行く方法はないかって考えていた矢先に、ここの雑木林のガラクタを見つけて……あとは、市塚さんも知っての通りだよ」

東屋が語り終えると、私と東屋の間に長い沈黙が漂った。

聞きたいことは山ほどあったはずなのに、いざ東屋の話が終わってしまうと、何から切り出せばいいのか分からず仕舞いだった。一連の話はまるで遠い世界の出来事のようで、それがまさに目の前の東屋が体験してきた世界だという事実を、私は理屈以上に実感として認識することができなかった。

私は生唾で喉を潤し、声が震えないよう自らを奮い立たせて口を開く。

「……その外科部長、今どこで何してるの？」

「風の噂《うわさ》じゃ、他の病院でも問題を起こして、一年間の業務停止処分になったみたい」

東屋の声には憎しみも喜びもなく、どころか僅かに伏せたその目元からは、哀れみの感情さえ垣間見えているように思えた。

「後から知った話なんだけど、そのお医者さんは医師会幹部の息子さんで、病院で横暴に振る舞うことも結構多かったみたい。そのせいで常勤の外科医が慢性的に不足していて、院長先生もおいそれと口を出せなくって……家柄の影響で疎外感もあったんじゃないかな。難しい手術を成功させて、自分の純粋な実力を認めてもらいたかったんじゃないかって思うんだ」

「何で？　どうしてあんた、そんな風に他人事みたいに話せるの？」

私は我慢ならず、苛立《いらだ》ち混《ま》じりの声で東屋に突っ掛かった。

東屋が何の鬱憤も示さない理由が全く理解できないわけではない。きっとそんなものは、これまで東屋が散々味わってきたものだから、今更抱く必要がないだけなんだと思う。だけどそのことを差し引いても、自分の命を蔑《ないがし》ろにしているような言い回しが、そしてその外科部長を慮っているような言い草が、私にはどうにも度し難かった。

そもそも、東屋の話が全ての真実であるという確証だってどこにもない。

「ねぇ、それって本当に単なる偶然の不幸？　悪いのは本当にその医者だけ？　もしかして院長がその外科部長を体よく追放するために、わざと手術の許可を出した……ってことはない？」

「……最初は、それも考えたよ」

東屋の表情に、初めて明白な陰が差したように見えた。

しかし、東屋はそれを払うが如く首を振り、自らに言い聞かせるように続ける。

「だけど、多分それはない。僕が本当に死ぬ可能性だってあったし、たったそれだけのために病院を潰しかねない政治工作を実行するのは、いくら何でもリスクが大きすぎたと思うよ。公的に因果関係は認めなかったけど、院長先生、本当に申し訳なさそうだったし」

「だっておかしいじゃん、そんなの！」

私の怒声は静かな雑木林に隈《くま》なく響き、世界が揺れたと感じるほどだった。

申し訳がどうだとか、そんな話をしているんじゃない。そんなものは、結果を遡ってどうとでも取り繕えるもんなんだ。私がついこの間まで、ココア達に対してそうしていたように。

どこまで人の悪意に鈍感なんだ、東屋は。

「おかしいでしょ！　主治医もダメ出しするような、そんな緊急性の低い難しい手術を、そんなヤブ医者に任せるなんて！　それに死ぬ可能性ったって、あんた、もう殺されたようなもん――」

「市塚さん、人の悪意はね」

際限なく高まる私の怒りを止めたのは、東屋の華奢《きやしや》な指と、囁《ささや》きにも似た静かな一言だった。

東屋は私の口元を人差し指で押さえ、夜の泉のように深く揺蕩う瞳で私を見据える。

「疑い出したらキリがないんだ。心の中は誰にも分からない。起こってしまった結果に関して、誰にどんな意図があったかなんて、客観的な答えは突き詰めれば出しようがない。だから僕は、人の善意を信じることにしたんだ」

私の脳裏に、いつかの記憶が蘇る。

——フリでもいいからもっと勘繰れよ。いつか痛い目見ても知らないぞ。

——何で東屋はこう他人の悪意に鈍感なんだろう。

東屋は他人の悪意に鈍感だったわけじゃない。他人の善意を、文字通り命懸けで信じ抜こうと必死だったんだ。残り短い人生を、憎しみという黒い炎で焼き尽くしてしまわないように。

「市塚さんに同じことをしろって言うつもりはないよ。人の悪意を疑うのも、人の善意を信じるのも、きっと同じくらい大変なことだから。だから、せめて笑ってほしい。僕のために怒ってくれる市塚さんは好きだけど、たとえ僕のためでなくても笑ってくれる市塚さんの方が、もっと好きだから」

行き場のなくなった感情を、顔を歪《ゆが》めて必死に押し込める私から指を離し、東屋はどこまでも柔和に微笑みかける。

「口先だけでも綺麗でいれば、上っ面だけでも笑っていれば、釣られて心も綺麗に笑ってくれるかもしれない。そうでしょ？」

東屋の言葉に懐疑心を抱きながらも、私は言われた通り笑おうとした。

頬を緩めて、目尻を下げて、口角を吊り上《つ》《あ》げて——

だけど、やっぱりできなかった。日常的に当たり前にやっているはずの笑顔が、私には途方もなく困難で、無縁なものに思えて仕方なかった。

そして、それだけに解《げ》せなかった。私なんかよりもっと深い絶望を味わっているはずの、東屋の逞《たくま》しさが。

「バカなこと言わないでよ……こんな状況で、笑えるわけないじゃん……」

東屋の無垢な視線を直視できず、私は顔を背けて弱音を吐いた。釣られて笑うも何も、そもそも作り笑いができなかったら意味がない。

いや……作り笑いどころか、私はもう一生笑うことすらできないのかもしれない。未来の自分がどういう状況で、どんな心境で笑っているのか、今の私には全く想像できなかった。受験に合格しても、内定を取っても、結婚しても、子供を産んでも、宝くじが当たっても、ノーベル賞を取っても、私はきっと二度と笑顔になることなんて——

「ねえ見て、市塚さん」

掛けられた声に視線を上げると、東屋はいつの間にか王冠を右腕に通し、両手に一本ずつ雑草を握っていた。

意図を図りかねる私に、東屋はその雑草を両側頭部に押し当て――

「うさぎ」

無邪気な笑顔で、そう言った。

理解不能な東屋の行動により、私の思考は一瞬……どころか丸々十数秒ほど消し飛んだ。

「…………」

……えっ、うさぎ？　うさぎって、あのうさぎ？　ラビット？　バニー？

私がこんだけ真剣に思い悩んでる時に、あんたうさぎ？

なにゆえうさぎ？　なぜ今うさぎ？

「そんな悲しい顔は見たくないピョン。僕は市塚さんの素敵な笑顔が見たいピョン」

〝うさぎ〟がゲシュタルト崩壊しかけ、唖然とする私の前で、東屋は楽しげに爪先で跳ねた。

東屋の動きに合わせて、二本の雑草がうさぎの耳のようにひょこひょこ揺れ動く。

男子高校生どころか今日び幼稚園児でもやらないような真似に、私の声が思わず裏返る。

「……あんた、何やってんの？」

麻痺した脳が再起動し、体の奥から謎めいた感情が湧き上がってきたが、少なくとも私が笑顔になれるものではないことだけは確信できた。

私の反応を見た東屋は両手を下ろし、気難しい声を上げる。

「うーん、ダメかピョン。それなら……」

えっ、ダメかピョン？　東屋智弘、あんた今この私にダメかピョンっつったのか？

「いや、だからバカなこと言わないでって私」

「あっ、宇宙人！　市塚さんの後ろ！」

東屋に物申すべく詰め寄りかけた私の背後を指差し、東屋は唐突に大声を上げた。

条件反射で後ろを振り返ったが、見えるものは雑木林の夜闇だけ。

困惑した私の無防備な首筋に、突如として生温い感触が走り、私は思わず飛び上がって絶叫した。

「ぎゃーっ⁉」

「うわぁっ⁉」

虫でも落ちてきたのかと思いきや、私のすぐ背後には東屋が立っていて、私と同様に驚いた様子で諸手《もろて》を上げている。

「…………何、したの？」

何をされたかは重々承知の上で、私は片手で首を摩り、敢えて威圧的に問う。

東屋はそんな私に気圧《けお》されたように縮こまり、蚊の鳴くような声で答えた。

「……笑わせようと思って」

「は？」

「くすぐったら、市塚さんの笑った顔が見れるかなって」

「はぁぁぁぁ!?　あんたマジで頭おかしいんじゃないの!?」

「ごめん！　まさかあんな『ぎゃーっ!?』ってなるとは思わなくて……」

「再現するなぁぁぁぁ！」

「……もしかして、首より脇の方がよかった？」

「よくねぇぇぇぇ！　真面目な顔で何訊いてんだあんたはぁぁぁ！」

〝うさぎ〟を遥かに上回る〝バカなこと〟に許容量が限界を迎え、私は頭を抱えて天を仰いだ。

絶叫の後の静寂を、微《かす》かな笑い声が破る。

どちらの声だったか、同時に出た声だったのか……どちらでも大差はないような気がした。

視線を下ろした先の東屋の顔は、まるで今の私の表情を、鏡のように映しているみたいで。

悔しさと、憎らしさと、楽しさと、愛おしさと、その他諸々の感情をひっくるめて、私は東屋に摑みかかった。

「もー！　ふざけんなバカッ！」

間近に迫った東屋の顔に、私は迷うことなく自分の顔を寄せた。

重ねた唇と息遣いで、東屋が驚いていることが伝わってくる。

――ハッ、ざまあみろ。あんたが私を出し抜こうなんて十年早いわ。

東屋は、どこまでも私と正反対だった。

楽観的で、理想主義で、性善説的で、見ていて不安になるほど前向きで。

それは全部、私に足りていないもので。

だから私は……東屋のことが好きになったんだ。

幸せな時間だった。永遠にこの時が続いてくれるなら、他の何を棄てることになっても構わないって、私は心の底からそう思った。

だけど人間は不便な生き物で、体温や息遣いだけで全ての思いを伝えることはできない。

東屋も同じことを思ったのかもしれない。どちらからともなく唇を離した私達は、しばらく無言で見つめ合っていた。

東屋の顔は、月明かりでもはっきり分かるほど真っ赤だった。季節とか関係なく顔がものすごく熱いから、多分私も似たり寄ったりなんだろうけど。

「……私のファーストキスは、高く付くよ、王様」

敢えて素っ気ない口調でそう言うと、東屋は含み笑いして自慢げに切り返す。

「ふふ、僕は二回目」

「………」

先程の一悶着がなかったら、私は完全にずっこけていた。

せっかくの雰囲気が台無しだ。母親や近所のおばちゃんとの一回なんかノーカンだからね。

「あんたってホントに空気読めないよね。あんたが王様になったら三日で国家が転覆するわ」

溜息交じりの私の言葉を、東屋はどこまでも無邪気に受け止める。

「えへへ、それほどでも」

「だから褒めてないっての」

いつもの調子で私が突っぱねると、東屋は愉快そうに笑い、それに釣られて私も噴き出してしまった。

——口先だけでも綺麗でいれば、上っ面だけでも笑っていれば……

東屋の言葉は、案外的を射ているのかもしれない。ついさっきまで一丁前に絶望なんかしていたのに、東屋が強引に笑わせにきてからというもの、あれだけ思い悩んでいたのが嘘のように私の心はすっきりと振っ切れていた。

二人でひとしきり笑ってから、今度は東屋が口火を切る。

「不思議なんだ。病気になったのも、宇宙人と出会ったのも、ガラクタでロケットを作ったのも、全部この一瞬のためにあったんじゃないかって、そんな気がするんだ」

東屋の目はキラキラ輝いていて、まるでそこに小さな宇宙が存在するようだった。

東屋は胸に手を当て、祈りを捧げるが如く瞼を閉じる。

「僕を市塚さんと出会わせてくれた全部……病気にも、人にも、宇宙人にも、ガラクタにも、自然にも、物理法則にも……そしてそれらを生み出してくれた全部に、僕は心から感謝してる」

目を閉じる東屋が何を見ているのか、私には手に取るように分かった。それはきっと、私が今思い出している光景と同じだったから。

ふと、東屋の足下が危なっかしくふらついた。

横ざまに倒れることは避けたものの、私の胸中に一抹の不安がよぎる。

「ごめん、僕、ちょっと疲れてきたかも」

「……東屋」

木の幹にもたれて座り込む東屋に、私は口を開きかけたが、続く東屋の言葉がそれを押し留めた。

「市塚さん、何も言わずに僕のワガママを聞いてくれるかな」

その言葉には覇気はおろか、充分な声量さえも伴っておらず。

それだけに、最低限の媒体《こえ》に込められた純粋な願いが、私の心に深く突き刺さった。

「誰にも邪魔されたくないんだ。今夜は、市塚さんと星を見ていたい。二人きりで、ずっと」

東屋のその望みを無視できたのなら、私はどれほど楽になれたことだろう。

スマホに伸ばしかけた手が、凍えたように震える。

東屋はたった一言のワガママに自分の未来を委ね、それ以上何を言うこともない。

私は胸いっぱいに吸い込んだ空気を、たっぷり時間を掛けて吐き出し……そして。

答える代わりに、東屋の隣で同じように腰を下ろし、木の幹にもたれかかった。

東屋と並んで眺める夜空は、さながら天然のプラネタリウムだった。私と東屋のためだけに用意された、壮大なスケールの銀幕のように見えた。

もちろん、そんな都合のいい話じゃないことくらい理解できている。しかしたとえ私の勝手な思い込みでも、これほど美しい満天を大好きな人と一緒に眺めていられる奇跡に、私は心から感謝してやまなかった。

そっと、隣に座る東屋の手を握る。

東屋もまた、私の手を握り返す。

「王冠、ありがとう。僕、これ一生の宝物にするよ」

見ると、東屋は未だにあのハリボテの王冠を頭に載っけていた。

どんだけ気に入ってんだ、それ。嬉しいを通り越してちょっと怖いわ。

「そんなのが一生の宝物とか、あんたの人生悲しすぎるでしょ」

東屋らしいっちゃらしいけど、そんなものに拘っていたらいつまで経っても大人になんかなれっこない。やっぱり東屋には、私がもっと色んなことを教えてやらないと。

「そんな子供騙しの王冠なんか、どうだっていいんだよ。そんなものよりもっと大切なものが、これから幾らでも手に入るんだからさ」

言いながら私は、東屋の手を一層強く握った。

バカな東屋が、迷子にならないように。幼稚な東屋が、どこかに行ってしまわないように。

「文化祭のお疲れ様会を兼ねてさ、今度スカイツリーのプラネタリウム見に行こうよ。あんた、ああいうの好きでしょ」

「うん、行こう」

「見終わったらソラマチで美味しいもの食べよ。いいお店知ってるんだ、私」

「……うん、食べよう」

「そんで、大学に行ったらさ、宇宙の勉強もいっぱいしてさ……」

「……うん、しよう」

「……宇宙飛行士に、なるんだよ……」

「……………うん、なろう」

私は両膝をついて東屋と向かい合い、その小さな体を強く固く抱き締めた。

「宇宙人に……会うんだよぉ……！」

離れたくなかった。離したくなかった。やっと出会えた〝好きなもの〟を、こんな形で失いたくなんかなかった。

できることなら、私が東屋に代わりたかった。目的も意味もなく、ただ毎日を漫然と過ごしているだけの私なんかより、愚直に夢に向かって突き進む東屋に生きてほしかった。

涙と洟でグチャグチャになった顔を見られたくなくて、東屋を抱く力が一層強まる。

醜く未練がましい私の背を、東屋はどこまでも慈しむように優しく撫でる。

「うん、会おう」

魂の拘束にも似た私の抱擁が緩み、東屋の顔が間近に現れた。

「笑って、市塚さん」

東屋の顔は、目を奪われるほど凛々《りり》しく、大人びていた。ガラクタ山で出くわした時とは、まるで別人のように。

「僕はいつまでも、市塚さんのことを待っているから」

——ああ……そっか、そうだよね。

遅まきに再認識したその〝当たり前〟は、私にとってかけがえのない宝物のように思えた。

——東屋は私と同じ高校生で、今この瞬間も成長し続けているんだ。

「だから、最期に見るのは、市塚さんの笑顔がいいな」

私の唇が戦慄《おのの》き、呼吸が浅くなる。

東屋を失うのは嫌だ。その運命を回避できるなら、私はどんな代償でも喜んで差し出したことだろう。

だけど……泣いて喚いて駄々を捏《こ》ねても、残された時間は延びも止まりもしない。

私如きが何をどうしようが、世界は無情に無関心に回り続けるのだ。

東屋に心配されたまま、心残りを作られたままいなくなられるのは、もっと嫌だ。

だったら私は、せめて東屋を笑顔で見送ってあげよう。

私は大丈夫、心配いらないと、東屋に伝えるために。

そして、これから始まる東屋の新たな旅が、もっと素敵なものになるように祈りを込めて。

「行ってらっしゃい、東屋」

頬を緩めて、目尻を下げて、口角を吊り上げて。

上手く笑えた自信はない。この状況下にこの汚い顔とあっては、理想的な美しい笑顔なんて不可能に決まってる。

それでも、私の笑顔を見た東屋は、心から嬉しそうに顔を綻ばせて応えた。

「行ってきます、市塚さん」

東屋が笑っている、ただそれだけで私は釣られて嬉しくなった。今度はもう少しだけ、自然な笑顔になれたと思う。

結局、言葉として東屋から聞くことはなかったけれど、彼の最高の笑顔がその答えを何より雄弁に物語っていた。

瞼を閉じ、幸せそうに笑う東屋の様は、まるで楽しい夢でも見ているようで。

私は疲れた東屋を起こさないよう、ずれた王冠をそっと整えて囁いた。

「会えるといいね、宇宙人に」

悲しくないと言えば嘘になる。だけど、不思議と涙は出なかった。

私の中の小さな東屋が、涙腺の元栓を締めてくれたのかもしれない。そんな間抜けな想像ができる程度には、私の心は悲しみだけで満たされてはいなかった。

大丈夫。きっと頑張れる。そう思えるだけの勇気を、ガラクタの王様に与えてもらったから。

——だけど今は、もう少しだけ……。

真っ赤に充血した目を擦《こす》り、立ち上がって夜空を見上げる。

名もなき小さな流れ星が一つ、私以外の誰にも知られず煌《きら》めき、消えた。

エピローグ　私は宇宙人だ

見渡す限りの終わらない夜。

聳《そび》える白亜の巨壁に手をつき、私は深呼吸を一つ。

責任は重大だ。万が一ポカをやらかして墜落でもさせれば、私は日本の恥晒しとして永遠に語り継がれることだろう。こんな形で歴史に名を残すのは御免被る。

けど、今の私には、自分でも不思議なくらい、躊躇いや恐れがなかった。

そして、自分が何をすべきかはっきりと分かった。それはまるで、故障した部分の『早く直してくれ』という言葉が聞こえるように。或いは、誰かが優しく『そこを直してあげて』と教えてくれているかのように。

そんな声に従い、私は頭上で静止する巨大なアーム群の合間を縫い、黙々と作業を進める。まぁ、内蔵無線で全部聞かれてるから、独り言は言いたくても言えないんだけど。

微小なデブリが衝突したことにより、地上から制御する遠隔操作ロボットの部品が一部損傷したらしい。メンテナンス用のカバーからロボット内部に侵入した私は、色取り取りの配線やパイプの中に目的の物体を発見。慎重に、且《か》つ迅速に傷んだ部品を取り外し、手首テザーに繋いであった予備のパーツを取り付ける。ジグソーパズルを嵌め込むような確かな手応え。

目的を達成して外部に脱出し、私はヘッドセットの無線に淡々と成果を報告する。

「こちら市塚。ロボットの電子基板換装完了。再起動《リスタート》スタンバイ。どうぞ」

『こちら吉田《よしだ》。了解した。地上管制室、システムの再起動フェイズに移行せよ』

吉田船長の言葉が切れ、無線の向こうから作業音が聞こえてきた。

暫しの沈黙の後、ぐったりと頭《こうべ》を垂れるだけだった白いアーム達が、まるで餌を与えられた動物のように活発に動き出した。

吉田船長はいつもの厳粛さの中に笑みの気配を漂わせ、一言。

『再起動完了。ロボット正常化。成功だ、よくやった』

私は緊張を解き、詰めていた空気を吐き出した。

いくら頭で大丈夫だと分かっていても、実際に結果を聞く瞬間はなかなか慣れない。曲がりなりにも日本の代表としてこんな所まで来ているのだ。莫大な税金を『直せません』の一言でドブに捨てようものなら、次回の任務はベンチウォーマーが関の山だろう。

『ご苦労だった。市塚、一旦戻って休め』

労いの言葉を送ってくる吉田船長に、私は頭上の太陽光パネルを仰ぎながら応じた。

「こちら市塚。遊泳前に〝よあけ〟のジェネレートモニターに微弱なノイズを確認しました。念のため現場の事前確認と簡易調整に向かいたいので、了承願います」

『酸素はあとどれくらい持つ』

「四時間は行けます」

ヘルメットのヘッドアップディスプレイに常時表示されているバイタルサインも、オールグリーンだ。脳波、心拍、呼吸、血流、全て異常なし。

『分かった、だが基本を常に心掛けろよ。船外活動は自覚以上の消耗と危険が伴う。三十分が経過するか、違和感に気付いたらすぐ戻れ』

「了解しました」

やり取りを終えた私は、〝よあけ〟の外装や救命ワイヤーを手繰りながら、太陽光ジェネレーターの中枢部を目指す。

途中、私はささやかな罪悪感から、胸中で吉田船長に謝意を示した。

ジェネレーターに違和感があったというのは、理由の半分。もう半分は、しばらく船外にいたいという、単なる私の願望だ。別に正直に言ったところで吉田船長は快諾してくれただろうが、私達の会話は全て記録されているし、いくら外部に秘匿されると言っても他人に私の弱みを見せるのは癪だった。

ふと、私は頭上を見上げてみる。

青く輝く巨大な星の中心に、天気予報で見慣れた、細長い緑の土地が見えた。どうやらちょうど日本の真上を通過するようだ。確か日本時間では大体二十二時くらいだから、ニュースを見た人の一部は、こちらに向かって手でも振っているんだろうか。

気まぐれのサービスよろしく私は地球に手を振り、脳内で独りごちた。

――地球は、やっぱり丸くて青かったよ、東屋。

時は西暦二〇三二年八月、相変わらずの最悪な夏。

私は今、地上400キロの宇宙空間を漂っている。

高校を卒業した私は、大学の工学部に入り、航空宇宙工学を専攻した。

理由はもちろん、宇宙飛行士になるためだ。東屋が死んででも見たかった景色を、私は死んだ東屋の代わりに見てみたかった。

宇宙航空研究開発機構《JAXA》主導による初の日本製有人宇宙船の打ち上げが成功したのは、約五年前。それから幾度かの打ち上げを経て、日本宇宙ステーション〝よあけ〟の設計が開始され、それに伴って日本人宇宙飛行士の募集が、以前より高めの頻度で行われるようになった。宇宙工学系の学生に対する奨学金制度も充実しつつあるので、恐らく十五年前に比べれば、多少なりとも宇宙飛行士になりやすい環境にはなっていると思う。

もちろん、飛躍的に発展したのは宇宙工学に限らない。

昔は治すのが難しかった病気も、きっと今なら普通に治ったのかもしれない。

「………」

ジェネレーターを検分する私の手が、止まる。

実際、私はずっと検分などやっていなかった。染み付いた癖のように手を動かしながらも、頭の中はずっと別のことを考えていた。

気付いてしまうといよいよ何も手に付かず、私は両手を投げ出して宇宙空間に横たわった。

建造中の〝よあけ〟には私達が乗ってきた宇宙船がドッキングしており、船内から伸びる救命ワイヤーが私の背中と臍《へそ》の緒《お》のように繋がっている。吉田船長を含めた三名のクルーは、今ごろ船内で忙《せわ》しなく働いているだろうに、私だけこんなクラゲみたいにボケーッとしていていいのかと、自己嫌悪の連鎖に陥ってしまう。

言うまでもなく、忙しないのは宇宙飛行士に限った話じゃない。

ココアは高校卒業後、大学の看護学部に進学し、今は大学病院の看護師として働いている。高校生の時に語って聞かせたような『貧しい子供を助ける仕事』から少々逸していているのは否めないけど、たまに近況報告で聞く限りでは、公私共に充実した日々を過ごせているようだ。ココアなりの試行錯誤が、心から納得できる未来を勝ち取ったからだろう。

――宇宙に行けなかったからって、頑張った過程が無駄になるって決まったわけじゃない。

――逆に簡単に宇宙に行けたからって、それでその人が本当に心から達成感を味わえるとは限らない。

――叶ったか叶わなかったかなんて、実際にはそれほど大した違いでもないと思う。

いつかの東屋の言葉が、私の胸をチクリと刺す。

「……寂しいな」

我知らず、私はポツリと呟いていた。

人間が生身で宇宙に飛び出した場合、体が爆発することも氷漬けになることも血液が沸騰することもないらしい。生身でも適切な対応を取る（具体的には息を止めずに吐く）ことで十数秒は意識があり、それを過ぎると酸欠による気絶の後に窒息死し、その後に恒星との位置関係によって被曝《ひばく》ないしは気化冷却で細胞がゆっくり壊死していくとのこと。人間にとって宇宙空間が致命的なのは間違いないけど、少なくとも即死だったり骨も残らなかったり苦しみもがいて死んだりということはないそうだ。

試してみたいという思いが、ないわけではない。

もちろん、そんなことはしない。死に体の遺言ならいざ知らず、国の威信を懸けたミッション中に自殺など、自己責任では済まされるまい。船長の責任問題になるのは疑う余地がないし、最悪家族に賠償請求が行く可能性だってある。

それでも、私はこのミッションに……いや、恐らく自分の人生そのものにすら、単純作業以上の価値を見出すことができずにいた。

宇宙飛行士に選抜され、初めて宇宙空間に飛び立った時は、確かに胸が躍った。宇宙工学の発展に貢献しようという使命感も少なからずあった。任務においては緊張感を持って取り組んだし、無事成功した時は達成感もあった。

だけど、私は私だ。東屋の代わりになんか、一生掛けたってなれっこない。

私がどれだけこの光景を目に焼き付けようとも、それを本当に見たかった人はもういない。

宇宙なんて、やっぱり無限に暗くて永遠に寒いだけだ。

「寂しいよ……東屋……」

宇宙のどこを探したって、東屋はもういない。

東屋が会いたがっていた宇宙人にも、一向に会える予兆すらない。

東屋という道しるべを失った今、私が生きていくには、この宇宙はあまりにも広すぎる——

『……づか、いち……市塚！』

「ほわぁいっ!?」

宇宙に漂って感傷に浸っていた私の耳に、吉田船長の呼び掛けが響き、私は大慌てで体を起こした。

縦向きの三回転半《トリプルアクセル》を見事に決めた私は、上擦った声で応答。

「どっ、どうしましたか、吉田船長！」

私の呟きが聞かれていたのか、修理箇所に不具合でも発生したか、それとも遂にサボリを咎められたのか……と身構えた私であったが、答えはそのどれでもなかった。

吉田船長の声に怒りはなく、ひどく逼迫《ひっぱく》した様子だけが伝わってくる。

『船内に戻れ！　1キロ先に高エネルギー反応が出現した！　すぐに離脱する！』

吉田船長の言葉の途中で、私はその正体を視界に収め、狼狽の理由を理解した。

ちょうど私と地球の間を隔てるように、黒々とした空間が渦を巻いていた。ここから見ると、まるで地球に穴が空いたかのようだ。高密度のエネルギーゆえか、渦の輪郭は陽炎《かげろう》のように揺らめいている。

不可解さと唐突さのダブルパンチに、私も吉田船長同様に驚愕を隠せずにいた。

「なっ、何ですかあれ！　ブラックホール⁉」

『分からん！　が、触らぬ神に祟《たた》りなしだ！　とにかくすぐに引き上げるぞ！』

言うが早いか繋がれた救命ワイヤーが巻かれ、私は文字通り宇宙船に引き上げられ始めた。

あっ、これちょっと楽しいかも。釣られた魚とかUFOキャッチャーの景品になったみたい。こちら市塚、上へ参りまー――

ブツッ。

という不吉な音は、耳ではなく宇宙服を通した振動で感じた。

私の目が一瞬だけ捉えたものは、闇の中でキラリと輝く、小さく鋭利な金属片《スペースデブリ》。

宇宙船搭載の高感度センサーでも捉え切れないサイズだったのか、或いは件《くだん》の高エネルギー反応とやらがジャミングめいた働きかけでもしたのか。

いずれにせよ大した違いはない。確かな結果は、文字通りの命綱を失った私が、切断時の衝撃と地球の引力の合わせ技により、凄まじい勢いでそのエネルギーに向けて投げ出されたということだけだった。

――嘘ぉん。

泡を食った私は自己救難推進装置《SAFER》を起動したものの、変な体勢で推進剤を噴射してしまったため、却ってエネルギー塊の方へと加速させてしまった。

私の脳裏に、〝死〟という一文字が浮かび上がる。

先程までの達観はどこへやら、私は手足を思いっ切り振り回し、離れ行く〝よあけ〟にしがみ付こうとした。

「ほぎゃあああああああああああッ！」

すんげぇみっともない声が船内と地上の管制室に響いたと思うけど、今はそんなことを気にしてる場合ではない。ブラックホールで原子レベルの木っ端微塵《こっぱみじん》になって死ぬのは流石に嫌だ。私の生への執着は、一瞬にせよ地球の引力に抗った気さえした。

──まぁ、『気がした』ってことは、つまりそういうわけで。

月をも繋ぎ止める地球の馬鹿力に、一人類の私如きが盾突けるはずもなく。

私の体は──正体不明のエネルギー塊に、綺麗に頭から吸い込まれていった。


鈍重な宇宙服ごと無秩序に振り回された私は、遠心分離でバターか何かになるかと思った。

通信はノイズまみれで何も聞こえないし、恐らくこちらの声も向こうには届いていない。それどころか、私が今、叫んでいるのか黙っているのかさえ分からない。

ただ、滅茶苦茶に振り回されながらも、どこか一方向に進んでいることはなぜか分かった。

先が見えず、終わりも分からず、衝撃に備えることもままならず。

やがて──私は唐突に固い地面に無造作に放り出され、そこでようやく停止した。

「ぐへぁっ」

頑丈な宇宙服に守られているとはいえ、猛烈なシェイクからの唐突なストップは流石に堪える。平衡感覚が完全に狂って、未だに体が回転しているような気がする。死の運命は免れたようだが、生憎悠長に喜んでいる余裕はなかった。

ヤバい、吐きそう。ヘルメット内でのリバースとか絶対アカン奴だ。

私はうつ伏せたままギュッと目を瞑り、全身の感覚を強制的にリセットしてから目を開けた。

途端、広がった光景に――私はひどく眉根を寄せた。

「……はぁ？」

そこは長方形の水田が整然と並ぶ中の、畦道の一つだった。四方八方に青々した稲が茂り、宇宙服越しでもカエルがゲコゲコと喧しい。陽《ひ》はとっぷりと暮れていて、頭上には夥《おびただ》しい数の星々が我こそはと瞬いている。

ここ、地球？　どっか別の惑星？　あのエネルギー反応ってワームホールか何かだったの？

「……こちら市塚。吉田船長、応答願います」

藁にも縋る思いで無線に呼びかけるも、圏外《No Signal》の表示が示す通り、受信機の反応は皆無。

予想していた結果であったので、私はそれ以上の無駄な努力を諦め、現状の認識に努める。

どう見ても地球……というか日本っぽいけど、もしめっちゃ似てるだけの別の惑星だったら、宇宙服を脱いだ瞬間に死ぬかもしれない。不幸中の幸いと言うべきか、生命維持装置はまだ生きていたので、私は念のため宇宙服を着たまま行動することにした。

二〇三二年の宇宙服は、地球外惑星での行動を視野に入れた研究によって軽量化と動力補助《パワードサポート》が進み、地上でも一人で着脱や歩行ができる程度には身軽になっている。まぁそれでも重いっちゃ重いし動きにくいんだけど、命を守るためだ。ある程度の不便は致し方あるまい。

水田の向こうには、これまた日本家屋っぽい建造物が遠目に窺えた。電気がついているということは、何かしらの知的生命体の文明があるということだろう。日本語か英語が通じてくれるといいけど。

地球代表市塚美鈴、いざ行かん。

と、大袈裟に自らを鼓舞した直後、私は背後に何かの気配を感じた。

「あ、あの」

捉えた音は、まるで日本語のように聞こえた。

振り返ると、いつの間に近付いていたのか、一人の少年が立っている。

歳の頃は六歳か七歳くらいだろうか。艶のある黒髪や病弱そうな白い肌は、どこか少女的な雰囲気を兼ね備えている。星模様のパジャマはサイズが合っていないようで、裾を手持ち無沙汰に持て余してしまっている。

訝る私に、少年は緊張で強張《こわば》った様子ながら再び口を開け、問うた。

「あなた、誰なんですか？　ここで何してるんですか？」

今度は言葉の内容がはっきりと分かった。この宇宙服に言語翻訳機能は存在しない。つまり、この子は日本人で、やっぱりここは地球の日本なんだ。

えっ、じゃあ私、マジで大気圏突き抜けて400キロ下の日本まで落ちてきたの？　それにしちゃ、いくら何でも軽傷すぎじゃない？　この宇宙服、隕石並みに頑丈じゃない？　クレーターか何かできててもいいレベルじゃない？　いや、そりゃ異星間転移とかだったらそれはそれで問題だけども。

まぁいいだろう、訊かれたからには教えてやるのが筋というもの。その名を胸に刻むがよい。

私は――

――子供の頃、夜の散歩をしている時に出会ったんだ。

遠い遠い、それでも今なお鮮明に思い出せる記憶が、唐突にフラッシュバックした。

「え」

喉まで出掛かった言葉が引っ込み、代わりに吐息のような音が漏れる。

どうしてそんな昔の、その一言をピンポイントで思い出したのか、私は自分のことながら理解できずにいた。

しかし、ただの記憶領域の気まぐれでないという直感だけは、なぜか厳然と存在していた。

その原因を探る意味も込め、私は彼の顔をまじまじと見つめてみる。

初めて見るはずのその少年からは、どこか懐かしい面影を感じる。

「……え」

——何メートルもある白くて長い尻尾が地面を引きずってて……

続く記憶の言葉に、私は恐る恐る背後を確認した。

私の背中からは、スペースデブリに切断された救命ワイヤーが垂れ下がり、尻尾のように地を這《は》っている。

当然、真っ暗な宇宙空間でも視認できるよう、ワイヤーは真っ白に塗装されている。

「……あ……」

――宇宙人がたまたま出くわしたあんたと、日本語で約束したの？

何で。

どうして。

だって、東屋は宇宙人と再会するためにロケットを作り始めたわけで。

つまり、宇宙人と会わなければ、東屋と私の運命が交わることもなかったわけで。

突き詰めれば、私が宇宙飛行士になるという現在も、恐らく有り得なかったわけで。

「私は……」

――『私は宇宙人だ』って言う奴が、地球製の宇宙服を着てたの？

脳が猛回転する。呼吸が加速する。心臓が早鐘《はやがね》を打つ。血液が体内を駆け巡る。

ヘッドアップディスプレイに映し出されたバイタルサインは、血のような警告《レッド》を執拗に私に叩き付けてくる。

どっちが先なの？　鶏と卵、どっちが先に生まれたの？

「私……私は……」

――『私は宇宙人だ』とかどんな自己紹介だよ。それがアリならこっちも宇宙人だわ。

だけど、もう疑う余地はない。

理由は知らない。理屈も分からない。

それでも、今この現実が、全ての真実だ。

「わっ……私はぁっ……」

——会えるといいね、宇宙人に。

宇宙人って。

東屋が出会った宇宙人って。

地球製の宇宙服を着た、日本語を話す宇宙人って。

「私は……宇宙人だ……」

ここは過去の日本。そして、東屋が出会った宇宙人は、タイムスリップした私自身。

先刻のシェイクなど比にならない衝撃が脳を揺るがし、膝から崩れてしまいそうだった。

しかし、宇宙服搭載の動力補助が、『まだ話は終わっていないだろう』と言わんばかりに私の直立を支えてくれている。

私の独り言を自己紹介と捉えた少年は、夜空の星にも負けないくらい目を輝かせている。

「……うちゅーじんさん？　ほんとーに？　ほんとーのほんとーなの？」

ああ、本物だ。この反応は間違いなく東屋智弘だ。

私は押し寄せる可笑しさと涙を必死に追いやり、両手を腰に当てて高らかに宣言した。

「もちろん、本当なのだよ。私は本物の宇宙人なのだ」

嘘は言ってないぞ。私も東屋も広義には宇宙人なんだからな。

それにしても、何て間抜けな話なんだ。東屋があんなに会いたがってた宇宙人は、高校生の時、ずっとすぐ傍に居たんじゃん。

まぁ……そのバカっぽさも、東屋らしいんだけどさ。

「うちゅーじんさん、ここで何してるんですか？」

「ふふ、何を隠そう、私は君に会いに来たのだ」

「えっ、僕に？　ほんとーに？　何で？」

「それはだね……おっといけねぇ、これ以上は万が一地球のヤツらに聞かれたら一大事だぜ」

「ほえぇー……」

東屋は疑うどころか、絶えず目をキラキラさせて私を見上げてくる。

あっヤバい、これ楽しい。ミニ東屋相手の宇宙人ごっこ、めっちゃ面白い。

私の出任せを鵜呑《うの》みにする無邪気さも。私の臍ほどしかない身長も。生え揃っていない歯も。ダボダボのパジャマも。女の子みたいなサラサラの髪も。

そして、人の善意を無条件に信じる、その純朴な笑顔も。

十五年振りに見る東屋は、全てが愛おしかった。

堪えるべきか否か、迷ったのは一瞬だった。

「……ねぇ、君。しばらく目を閉じてくれるかな」

私の要求に、東屋は不思議そうに訊き返す。

「えっ、何で？」

「いいからいいから。私がいいって言うまで、絶対に目を開けちゃダメだからね」

どこまでも素直な性格ゆえか、或いは従わないと取って食われるとでも思ったのか、とにかく東屋は私の言う通りに目を瞑ってくれた。

東屋が薄目を開けていないことを確認してから、私は二の腕のタッチパネルを操作し、ヘルメットのロックを外す。顔が外気に触れ、夏場特有の湿気と土の匂いが肺を満たす。

足下にヘルメットを置いた私は、そのまま東屋の前に屈み、顔を覗き込むと。

そっと、彼と私の唇を重ね合わせた。

たった一秒のことだったけれど、東屋の驚いている様子が、唇を通して伝わってきた。目を開けたくてうずうずしているようで、東屋の全身は小刻みに震えている。

そんな彼を安心させるように、私は宇宙服のまま東屋の全身を優しく包み込んだ。

「待ってるから」

東屋と頬を合わせ、私は言った。

ワガママを言うなら、このままこの時代に残りたい。たとえ未来で進行中のミッションを投げ出すことになっても、東屋との一夏の思い出全てを無に還すことになっても構わない。東屋の傍にいて、待ち受ける死の運命を打倒できるなら。

国の威信よりも、私の思い出よりも、私は東屋に生きてほしかった。

しかし……私は気付いていた。先程からサブリミナルのように割り込む宇宙空間の映像が、単なる職業柄による気のせいではないということに。

地面に置いたヘルメットの〝圏外〟表示は明滅を繰り返しているし、ヘッドセットの無線からも、ノイズに交じって微かに人の声らしき音が聞こえてくる。

まるで過去に紛れ込んだ未来の私を、異物と見做《みな》して排除しようとしているように思えた。

どこぞの神の凡ミスでも、親切心で見せてくれた刹那の夢でも、大した違いはない。

残された時間は……恐らくそう長くない。

——どこまで性悪野郎なんだ、神様って奴は。

私の心の中の毒づきも、きっとせせら笑っているんだろう。私は東屋とは違う。こんな底意地の悪い運命を強要する奴の善意を信じることなんて、一生掛かってもできやしない。

だから私は、どこに居るかも分からない神ではなく、今ここに居る東屋に想いを託す。

言いたいことは山ほどある。伝えたいことは、星の数ほどある。

東屋の笑顔を思い返した私は、その中から最も東屋の心に残るであろう言葉を選び、口にした。

「君にどうしても伝えたいことがあるんだ。だから、いつか必ず宇宙に来て。何年後でも、何十年後でも、私はこの空の上で、いつまでも君を待っているから」

こんな運命なんかに負けないでと。人生に希望を持って生きてと。

後生だから、あの時とは違う未来に進んでほしいと。

迫るタイムリミットの中、私は込み上げる思い全てを言葉に込めて。

震える口を必死に動かし、希《ねが》うように東屋へと伝える。

「焦らなくていいから……慌てなくていいから……生きてさえいれば、いつか絶対に会えるから……」

分厚い宇宙服に包まれた東屋は、押し潰されてしまいそうなくらいに小さく、か細かった。

しかし、東屋は音を上げることも目を開けることもせず、むしろ自ら腕を回して私を抱き返してくる。

そのささやかな生命《いのち》の感触に、私は込み上げるものを押し込め、東屋に伝え切った。

「私は……いつまでも待ってるから……！」

後半はほとんど言葉になっていなかった。目頭が熱くなり、口元が震え、私はそれだけの言葉を紡ぐのが精一杯だった。

私の言葉がどこまで東屋に伝わったのか、いつまで覚えていてくれるのか、私には分からない。

けれど、私と抱き合う東屋は、耳元ではっきりと答えてくれた。

「うん、僕、やくそくするよ」

私は湊を啜り、顔を綻ばせた。

嬉しかった。拙くても、頼りなくても、私のことを知らなくても、東屋とまたこうして言葉を交わせることそのものが、私にとっては何にも代えがたい奇跡だった。

私は東屋を解放し、ヘルメットを被って彼と向き直る。

「いい子だ。じゃ、目を開けて。約束を守れるおまじないをしてあげる」

目を開けた東屋の前に、膝を折って屈んだ私は、グローブに包まれた太い小指を差し出す。

東屋は恐る恐る私の小指に腕を伸ばし、自分の指を絡めた。

「指切りげんまん。嘘ついたら千回張っ倒しちゃうから」

絡めた指を上下させると、東屋はリンゴのように頬を真っ赤にし、力いっぱい頷いてみせた。

ヘルメットの中で微笑んだ瞬間、私の体はまるで乱れた映像のようにブレた。

ヘッドセットのノイズも、次第に大きく、はっきりしたものになってきている。

ここは私のいるべき世界じゃない。私が切望したくらいで未来は変わらない。

そんなことは、痛いほど分かっている。

だから、私はここに置いていく。東屋に残していく。

私がここにいたという証《やくそく》を。東屋が生きていくための言葉《きぼう》を。

私が誰より敬愛する、ガラクタの王様《東屋智弘》に。

「……うちゅーじんさん、だいじょうぶ？」

体のブレが一層激しくなり始め、東屋は心配そうに私を見つめている。

そんな東屋の不安を振り払うため、私はそっと東屋の指を離し、脚を伸ばして立ち上がった。

私はあんたより大きいんだと、そう東屋に見せ付けるために。

私はあんたより強いんだと、自分に言い聞かせるように。

「大丈夫だよ。宇宙人さんは強いのだ。ただ、もうそろそろ帰らなくちゃならないみたい」

「えぇっ、もうさようならしなくちゃいけないの……？」

心底寂しそうな東屋が可笑しくって、私はまた小さく噴き出してしまった。

小芝居がバレないよう、私は真剣さを取り繕う。

「ううん、さようならじゃないよ。だって私と君は、いつか必ずまた会うんだから」

「……そっか、そうだよね。それじゃあ」

東屋はホッとしたような笑顔に戻り、言った。

「いってらっしゃい、うちゅーじんさん」

気付かない内に、私の頬を一筋の涙が伝っていた。

ハッと我に返った私は頭をブンブン振り回し、それを振り払った。せっかく我慢していたのに、これでは台無しだ。

たとえ向こうから見えずとも、東屋の前でしなきゃならないのは、泣き顔なんかじゃない。

「行ってきます、地球人くん」

私が笑顔でそう応じた、その直後。

私の体は――まるで映像が切られたかのように、東屋の前からプツリと跡形もなく消えた。


上も下も分からない真っ暗闇。

そこが宇宙だから――ではない。しばらく、私は目を開ける気になれなかった。

一人きりの宇宙空間に投げ出され、私は堪え切れずに嗚咽を溢した。

胸にあるのは、かつてないほどの後悔の感情だった。東屋に『手術を受けるな』と言えなかった自分の弱さが、今更のように私の身を焦がしているように思えた。

たとえ東屋が私の言葉を素直に受け止め、一生手術を受けないまま宇宙飛行士になれなかったとしても、私はそう言うべきだった。それなのに、私はガラクタ山で宇宙への思いを語る東屋の笑顔を、どうしても振り切ることができなかった。

宇宙を目指して一途に努力する以外の東屋を……想像することが、できなかった。

コン、と手に固い感触が走る。

宇宙空間では、人は涙を拭うことさえ許されない。

『船長！　市塚さんのシグナルが！』

『何⁉　市塚！　おい、市塚！　生きてるのか、おい⁉』

無線から迸る大声は、まるで目覚ましのように聞こえた。

それもそのはず。宇宙空間で眠りこけるなんて、前代未聞の言語道断だ。宇宙飛行士どころか社会人としての資質さえ問われかねない。

見終わった夢に、いつまでも想いを馳せてなんかいられない。

私は目を開け、極めて冷静な声で応答した。

「……こちら市塚、ＳＡＦＥＲによる自己救難遊泳中。至急、救助を要請します」

『分かった、すぐに向かわせる！　いいか、落ち着け！　とにかくそのまま冷静に待て！　宇宙空間では焦りが最大の敵だからな！』

——一番落ち着いてないの、吉田船長じゃん。

私は何だか可笑しくなって噴き出してしまった。人間、その気になればどんな状況でも笑えるもんなんだな。

やがて宇宙船から救命ワイヤーを付けた宇宙飛行士が一名派遣され、泳ぐような滑らかさで私に接近してきた。手首テザーのもう片方に私の手首を取り付けて私と手を繫ぎ、そのまま無線に何事か呼び掛け、私達は揃って巻き上げられていく。

スペースデブリの邪魔が入ることもなく、私は今度こそ宇宙船への帰還に成功した。閉じたエアロックに気圧が充塡され、数十秒の後、船内に通じる扉が開く。

その向こうでは、吉田船長と男女二名のクルーが神妙な面持ちで私を待ち構えていた。乗組員は私含めて計四名なので、私はクルー全員に出迎えられたことになる。

エアロックが完全に開く間も惜しみ、吉田船長達は私に向かって一斉に飛んできた。

「大丈夫か、市塚！　怪我《けが》はしていないか⁉」

「大丈夫です。……ちょっと、不思議な体験をしただけですから」

ヘルメットを脱ぎつつ、私は静かに首を振った。

心配してくれているのは嬉しいけど、子供と宇宙人ごっこに興じていたなんて言えるわけがない。狼狽する船長達とは対照的に、自分でも驚くくらい、私の心は穏やかだった。

「その体験って、一体どんな……」

好奇の眼差しで私を見つめる男性クルーを手で制し、吉田船長はキビキビと指示を下す。

「いい、話は後だ。すぐに診察を受けろ。おい、東屋！」

「言われなくてもそのつもりです！」

真隣で響いた声に、私は己の耳を疑った。

「え」

硬直し、目の前の船長達三人をまじまじと見つめる。

私を含め、クルーは四人。

じゃあ……私を助けに来たクルーは、一体誰？

ゆっくりと、軋《きし》みそうなくらいゆっくりと、私は首を横に向ける。

ヘルメットを脱ぎ捨てた彼の顔を見て——私は、息が止まるほどに驚愕した。

「大丈夫、市塚さん!?　怪我とかしてない!?　検査するからすぐ医務室に来て！」

ひどく切迫した様子の彼は、初めて見る顔だった。凛々しく、精悍《せいかん》で、私より背も高い。

だけど私は、確かに彼のことを知っていた。

だって、彼は私が、世界で一番愛した人なのだから。

そして、そんな彼の幼少期に、私はついさっき触れてきたばかりなのだから。

「すごかったんだよ、東屋君。市塚さんがあのブラックホールに吸い込まれた後、僕も行くって言って聞かなくってさ。船長と三人掛かりで引き止めて、あなたのシグナルが復帰した時も真っ先に僕が行くって……」

女性クルーの茶化すような言葉も、私の耳にはろくに届いていなかった。

放心状態でポカンと口を開け、傍らの彼を見つめるばかり。

「あ……」

やがて私の様子がおかしいことに気付いたらしく、クルー達は気遣うような視線を私に送ってくる。

無理もない。私の頭がおかしくなったと思ってるのは、私も同じだ。

「東屋……なの……？」

蚊の鳴くような私の声に、彼は困ったような微笑みで応じる。

「……あの、市塚さん、どうしたの？」

私は焦れったさのあまり、彼の胸ぐらを掴んで力任せに問い質した。

「東屋!?　東屋なの!?　ねぇ、本当に!?　あんた、東屋智弘なの!?　心臓の病気はどうしたの!?」

「えっ、三年前に受けた手術で治したじゃん。っていうか市塚さんも手術の日に立ち会ってたはずじゃ……ちょっ、いたいよ市塚さん」

瞬間、堰《せき》を切ったように、私の中で様々な感情が溢れ出た。

私は胸ぐらから離した手で、そのまま東屋を力の限り抱き締めた。

「宇宙人だよ！」

勢い余って二人仲良く天井に頭をぶつけてしまったが、その痛みさえ今の私には嬉しかった。

何が何だか分からない様子の東屋に、私は鼻が触れるほどの距離から畳み掛ける。

「私は宇宙人だよ！　会えたね！　やっと会えたね、東屋！　約束、ちゃんと守ってくれたんだね！」

乗り越えてくれたんだ、死の運命を。

受け取ってくれたんだ、あの夜のメッセージを。

会いに、来てくれたんだ、宇宙人《わたし》に。

「宇宙人……市塚さんが……？」

呆然と呟く東屋の目尻に、見る見る内に涙が溜まっていく。

ああ、やっぱり東屋だ。成長しても、見た目が変わっても、東屋は東屋なんだ。

「本当に……本当の本当に、市塚さんがあの時の……」

私は東屋の胸元に顔を埋め、幾度も頷く。

「そうだよ……私だよ……私が、宇宙人だったんだよ……」

二人の涙が無重力空間に漂い、星のように煌めいた。

東屋が私を救助する時に使ったテザーは、今なお私と東屋を結んでいる。

もう絶対に離れない。悪魔にだって、神様にだって、誰にも東屋を渡すもんか。

私は涙と洟にまみれた顔を上げ、最高の笑顔と共に、東屋へ約束の言葉を贈った。


「ただいま！　大好きだよ、東屋！」

こがらし輪音——著作リスト

この空の上で、いつまでも君を待っている（メディアワークス文庫）

本書は第24回電撃小説大賞で《大賞》を受賞した
『ガラクタの王』に加筆・修正したものです。

◇◇メディアワークス文庫

この空《そら》の上《うえ》で、いつまでも君《きみ》を待《ま》っている

こがらし輪音《わおん》

2018年2月24日　初版発行
2018年4月5日　再版発行

発行者　郡司 聡
発行　株式会社KADOKAWA
〒102-8177　東京都千代田区富士見2-13-3
プロデュース　アスキー・メディアワークス
〒102-8584　東京都千代田区富士見1-8-19
電話03-5216-8399（編集）
電話03-3238-1854（営業）
装丁者　渡辺宏一（有限会社ニイナナニイゴオ）
印刷　株式会社暁印刷
製本　株式会社ビルディング・ブックセンター

ISBN978-4-04-893625-5 C0193

メディアワークス文庫　http://mwbunko.com/
株式会社KADOKAWA　http://www.kadokawa.co.jp/

本書に対するご意見、ご感想をお寄せください。

あて先
〒102-8584　東京都千代田区富士見1-8-19　アスキー・メディアワークス
メディアワークス文庫編集部
「こがらし輪音先生」係

メディアワークス文庫

『神様の御用人』浅葉なつ大推薦!!

お腹が空いてるときに読まないでください。

胸が空っぽのときに、
読んでください。

江戸最大の花街・吉原で菓子専門の料理番を務める青年・太佑。『生きるための食事でなく、ひと時の幸福のための菓子を作る』と励む毎日だったが、幼馴染の花魁・朝露が全く太佑の菓子を食べていないと気づき——。読む人全ての心を癒やす、菓子と人情の物語。

著／江中みのり
イラスト／殿ヶ谷美由記

発行●株式会社KADOKAWA　アスキー・メディアワークス